다석 **유영모** 시집 ②

태양이 그리워서

가가 **함인숙**·유유 **김종란** 편집

다석 **유영모** 시집 ②
태양이 그리워서

저자	유영모
편집	함인숙 · 김종란
초판발행	2018년 3월 8일

펴낸이	배용하
책임편집	배용하
내지디자인	이승호

등록	제364-2008-000013호
펴낸곳	도서출판 대장간
	www.daejanggan.org
등록한곳	충청남도 논산시 가야곡면 매죽헌로1176번길 8(54
대표전화	(041) 742(1424 전송 (0303) 0959(1424

분류	기독교	인물	영성	시
ISBN	978-89-7071-468-4 03810
CIP제어번호	CIP2019007654

 값 13,000원

차 례

태양이 그리워서

태양이 그리워서 | 정신으로도 숨을 쉰다 | 숨이 막힙니까? | 당장 시원해진다 | 모순과 반대를 무릅쓰고 | 생명을 완성하여야 | 정신이란 그런 것이 아니다 | 온전함을 바랐던 인류 | 자기가 타고난 천직 | 마음을 다해 농사짓는 이 | 서서 돌아봄 | 보지 않으면 못 견디는 | 앉는 일에 골몰한 사람은 | 미美라는 것이 없다면 | 꽃처럼 잠깐이라는 것 | 보이지 않는 하늘에서 | 실을 뽑았으면 죽는 것 | 그 생각만 하라는 | 님을 찾느냐 못 찾느냐 | 죽음

과 깨어남은 같은 말 | 자기가 넘치게 될 때 | 진리와 성숙은 같은 말 | 정신이 깨는 것이 | 이치는 곧 길이 아니겠는가? | 깬 것이 빛이다 | 신이 없다면 어때? | 새가 알을 깨듯이 | 나비가 되기 위한 준비 | 나에게서 나오는데 | 왜 못 되었나? | 참 하나를 쫓아가는 것 | 주저 없이 | 기가 막힌 말 | 서둘지 않으면서 | 머리를 하늘에 두고 | 기회를 다 써야 | 학문이 기도가 되어야 | 하느님께 드리는 맙 | 밥 먹는다는 것은 | 기차의 좌석 버리듯 | 나 따로 길 따로 | 신을 알려는 것 | 신에게 이름을 붙이면 | 이름 없는 것이 | 정신과의 거래 | 저 깜박이는 별들이 | 얼굴만이 영원히 드러날 것 | 집 지으러 왔다 | 지극한 성誠의 자리에 가면 | 내가 사람이 될 때 | 정성이 있으면 신이 있고 | 머리에 이는 것 | 섬김, 본연의 모습

2장 | 언제나 신발을 벗을 수 있도록 ·················· 89

언제나 신발을 벗을 수 있도록 | 머리 위에 이는 것 | 튼튼하게 간수해야 | 싹 지워버려야 | 매인 생활 | 맴과 몸 | 다 사용하지 못하고 | 사람을 가릴 줄 아는 것 | 태울 것은 태워야 | 지킬 것은 지켜야 | 목숨 길 | 고요한 빛 | 인물과 재간을 떠나야 | 초석이 되어야 | 상대에 빠져 헤매지 말고 | 섬김 | 풍선이 터져야 | 어진 것을 떠나면 | 미워하지 않는 것 | 말의 권위에 있다 | 말도 안 된다 | 내가 이마 | 참을 꽉 붙들어야 | 눈물 맑기 | 선을 갖추기 위한 싸움 | 세상이 바로 될 리가 없다 | 계산하고 따지는 것 | 뜻만 가지고서는 안 된다 | 악이 성하면 선도 성해야 | 빛깔을 본다는 것 | 체면體面을 버리고 | 겸손해야 | 큰 존재 | 하늘과 땅 | 소금은 소금으로 | 사랑이 있어야 | 사람다운 사랑이어야 | 정신 차려야 할 것 | 사람은 누에 | 계획을 세워야 | 허공과 하나

되는 비결 | 곧게 반듯이 | 서서 나가야 | 생각이 밑천 되어 | 얻어야 알게 된다 | 하나밖에 없다

순간순간 지나쳐간다 | 별 것이 아니다 | 인간의 주인 | 언제나 시작이 있을 뿐 | 숨은 길로 들어서는 것 | 속임 없는 심정 | 때의 주인 | 나를 찾고 나라를 찾아야 | 몸은 눈을 가져야 한다 | 이마는 책임진다는 말 | 하늘로 원정가는 것 | 완결을 보지 못한 것들 | 신념이 있어야 한다 | 초연히 맞이해야 한다 | 내가 되는 것 | 새로운 별이 | 인생은 밥을 먹고 | 진짜 주인을 만난 것 같다고 착각 | 자기의 욕심에서 벗어나는 것 | 여기에 희망이 있다 | 좋은 줄만 알고 있다가 | 앉는 일에 골몰하는 | 어딘가에 매달려가야만 | 하늘을 쳐다보는 인간의 정신 | 하늘을 쳐다보지 않고 살면 | 나에게서 떠날 수 있을까? | 한 줄기가 이어 다다른 | 하늘이란 말 한마디에도 | 다 하나를 구한다 | 되는 것이 십자가다 | 신을 팔아먹는 | 죽음의 연습 | 피리는 속이 비어야 | 평생 떠들고 | 철이 들고 | 상놈의 교가 좋다 | 나를 가게 하는 그 무엇 | 이것이 끝이다 | 늘 그대로 있는 것 같지만 | 다 같이 타기를 | 새롭지 않은 것을 버리지 않으면 | 찾아 나가야 한다 | 바뀌어 가는 것이 자연 | 내일에 있는 게 아니다 | 신발은 일생을 신는다 | 고운 사람이라면? | 한잠 자고 깨야 | 아무 때 죽어도 좋다 | 세상에 무서워할 건 없다

목숨은 기쁨이다 | 이 사람은 최후에 심판할 것을 믿는다 | 참 삶을 사는 사람 | 말씀 줄 | 어린아이야말로 | 하느님을 자꾸 말

하면 | 생각이 곧 신인가? | 하느님의 아들 | 물物이 된다 | 나를 잡아 바치는 심정으로 | 모두가 돌아온 길 | 올라가자는 것 | 내 속에는 | 사랑을 잘못하면 | 무엇의 끝인가? | 하느님을 알기 때문에 | 사랑이 먼저 있고 | 신비는 없는 것 같지만 | 자기의 속으로 들어가는 길 | 고루고루 쓸 줄 알아야 | 신의 계획 | 말할 수조차 없다 | 내 생각보다 크다 | 궁극적 목적은 | 말 대답을 못하면 | 천명을 기다리기 때문이다 | 완전을 그리워한다 | 목숨이 있다고 믿는 것이 | 하나에 들어가야 | 님을 붙여 놓으면 | 이름을 제대로 붙여야 | 내 것이 아니다 | 몰라서 하는 어릿광대 | 정신에서 기운이 | 실을 뽑는 것이 | 고치 속에 숨는다는 것을 | 일체가 변화해가는 것이 | 인간의 속을 알려는 | 밥이 될 수 있는 사람 | 정신을 깨우치는 약 | 깨어나는 약으로 | 밥이 되는 것이기에 | 갖은 신비가 총동원되어 | 무서운 힘을 내놓는 것 | 사람이 사람 되는 것이 | 자기의 얼굴을 찾아야 | 알고자 하는 꿈틀거림 | 이 사람이 깨달은 것이 있다면 | 오늘의 겨울을 다 마치어 쉽이겠다

다시 태워서 밝힐 햇불

다석 선생이 돌아가신지 어언 40년, 직접 가르침을 받은 이들
도 몇 분 계시지 않습니다. 다석 선생의 발자취를 새로 찾기가 어
려운 때입니다. 이 때 다석 선생을 따르는 함인숙 씨알과 김종란
씨알이 선생의 말씀을 쉬운 오늘의 말로 풀어내어 책을 내었으니
참으로 고마운 일입니다.

다석 선생은 일생동안 진리를 추구하다가 드디어 깨달음에 들
어가신 분입니다. 그는 많은 종교와 사상을 두루 쫓아 하나로 꿰
뚫는 참을 깨달은 분입니다. 그는 온 생애에 걸쳐 열과 성을 다하
여 '참'을 찾고 '참'을 잡고, '참'에 들어가고 '참'을 드러낸 '성인'입
니다.

선생은 매일 하늘로부터 받은 말씀을 35년에 걸쳐 YMCA 연
경반에서 제자들에게 전달하였습니다. 선생에게서 가르침을 받
은 함석헌, 김교신, 이현필, 류달영, 김홍호 씨알들은 예수를 따

르는 그리스도인으로 예수의 길과 다석의 '참'을 실천하며 살은 분들입니다. 오늘날 종교가 제 빛을 잃어가고 있는 지금이야말로 다석의 '참'은 그 빛을 다시 태워서 밝힐 횃불입니다.

다석 선생의 글월이 알아듣기 쉬운 말로 풀이된 이 책이 널리 읽히어 불안하고 외로운 이들이 사랑을 되찾아 평화로이 살기를 기원해봅니다.

2019년 3·1 100주년에 (재)씨알 이사장 김원호

하늘 위로 솟구치는 기쁨

다석을 배우고 알아가는 게 어언 20년이 된다. 세월이 갈수록 깊고깊고 넓고넓은 영혼을 만나가는 기쁨이 한없이 솟아나고 있다. 다석만큼 하루하루 살아가는 날수를 세어가며 하늘의 소리를 듣고자 무릎 꿇고 위로부터 오는 생각을 깨우쳐 적어놓은 분은 감히 찾아볼 수 없다. 하늘을 머리에 이고 1초 1초를 이어이어 사신 어르신을 만난 것은 내 생애에서 축복이라 생각된다.

다석은 생각의 반전을, 삶의 반전을, 믿음의 반전을 이루어 가셨고, 자신이 받은 말씀을 생명生命, 즉 삶의 명령으로 받들어 YMCA연경반에서 강의를 꾸준히 하셨다는 것도 나에게는 무척 귀감이 된다.

다석이 20년간 쓴 일기를 보면 볼수록 모름의 깊이 속으로 들어가고, 깊이 속으로 들어가면 갈수록 바탈 타고난 맘 속에 온통 울림이 퍼지고, 울림이 퍼지는 것을 보고 서 있노라면 어느새 땅에 딴딴하게 서 있는 나를 발견하게 되고, 하늘하늘 위로 위로 솟구쳐 오르는 충만함으로 가득차게 된다.

특히 한국인 중에서 자랑스러워할 수 있는 분이 나에게 계시다는 것이 말할 수 없이 감격스럽고 나를 한국인으로 떳떳하게 살게 하신 분이다. 이러한 기쁨을 많은 분들과 함께 나누기 위하여 쉽게 접할 수 있는 우리 시대의 시어詩語로 내놓게 되어 감개무량하다.

다석의 글은 어렵기는 하늘을 찌르고, 쉽기로는 할아버지가 손녀에게 말하는 것 같아서 다석의 삶과 생각을 엿볼 수 있는 쉬운 말씀들을 뽑아서 편집을 했다. 씨알재단 다석강독회를 통해 친구가 된 유유 김종란씨알이 공동 편집에 기꺼이 마음을 모아주어서 생명력있는 말씀을 뽑을 수 있었고 속도를 낼 수 있었으며, 다석에게 각별한 애정을 품고 다년간 다석을 연구해 온 평산 심중식 씨알이 감수를 했다. 다석과 우리의 마음과 생각이 어우러져 더욱 아름다운 시어가 나올 수 있었다.

   이 글을 읽는 분들이 한국인으로의 자부심과 자존감을 세우고
다석의 감성과 영성과 지혜를 익혀 당당하게 살아가게 되기를 바
란다.

편집자 **가가 함인숙**

장로회신학대학원, San Francisco Theological Seminary
전, 생명의강 교회 담임목사
전, 씨알재단 씨알공동체운영위원장
전, 1923년 학살당한 재일한인추도모임 공동대표
공저: 씨알 한달 명상집
riveroflife@hanmail.net

내 속에서 퍼 올린 글

다석 유영모 선생님을 처음 알게 된 것은, 2000년 가을 성천문화재단에서 발행하는 잡지 「진리의 벗이 되어」를 통해서이다. 마지막 페이지에 다석어록이 나오는데 다석의 말씀에 신선한 자극을 받고, 그 잡지를 정기 구독했다. 그 후 『다석일지』 등 다석 관련된 글을 찾아 읽게 되었다. 다석을 만나면 높은 산을 오르는 느낌이 들고, 어느새 탄성이 저절로 나오며 그의 글에 빠져든다. 2015년 봄, 씨알재단 사무실에서 열리는 다석 강독회에 참석하면서, 서로 생각을 나누는 귀한 시간을 누렸다.

이 시간을 통해서 내가 알아차린 것이 있다. 맛을 좇는 지식은 막힌 앎이라는 말씀이 따끔한 경종을 울려준다. 지금까지 얻은 온갖 지식과 정보를 내 속에 쌓아놓은 채 그 부요함에 취해있을 뿐, 그것을 밑거름 삼아 스스로 생각을 파고 파지 않았다는 자각을 하게 된 것이다.

이제는 내 속에서 퍼올린 말과 글로 살아내고 싶다.

이번에 가가, 평산과 함께 다석어록을 다듬는 작업에 참여한 것은 분명히 행운이다. 두 분에게 고마움을 전하고 싶다. 이 책을 통해 저마다 제소리를 내어 소통하기를 바라는 마음이 간절하다.

편집자 **유유 김종란**

성신여대 대학원(교육철학)
시인, 수필가, 영어강사, 씨알재단 회원
저서: 김종란의 시와 산문 English Interface(공저)
refarm36@hanmail.net

티끌 하나에서 우주를 보라

대학생 시절에 함석헌 선생님을 통하여 다석 유영모가 함선생님의 스승임을 알게 되었다. 또 교회를 통하여 김흥호 선생님을 만나게 되었는데 다석이 또한 김흥호 선생님의 스승임을 알게 되었다. 함선생님은 잡지 「씨알의 소리」에서 다석을 소개하셨고 김선생님은 「사색」이라는 잡지를 통해 다석을 소개했다.

다석은 하루 한 끼만 드신다는 것과 날마다 살아온 날수를 계산하며 하루살이를 하신다는 소식이 인상적이었다. 김흥호선생님도 하루 한 끼만 드셨다. 그래서 나도 김흥호 선생님을 만난 지 10여 년 만에 스승으로 모시고 36세부터 한 끼를 시작했다. 결국, 일생 동안 다석의 신앙을 배우게 되었다. 이렇게 다석은 나에게 운명처럼 다가왔다. 함선생님 출생일이 3월 13일로 다석과 같다고 했는데 나의 출생일도 3월 13일이라 어떤 인연이 느껴졌다. 세상에 별로 알려지지 않았던 다석이 널리 알려지게 된 것은 1990년대 중반에 박영호선생님이 국민일보에 다석을 알리는 글을 오랫동안 연재로 실었기 때문이다. 이때 박영호 선생님이 다석의 충실한 제자임을 알게 되었다. 그 밖에 성천 유달영 선생이나 도원 서영훈 선생도 다석의 제자임을 알게 되었다. 2017년에 타계하신 서영훈 선생님은 다석을 처음 만났을 때 소감으로 '이분이야말로 참 사람이다' 하고 느꼈다 한다. 다석의 글을 볼 때마다 그분의 말씀이 생각난다. 그의 글을 통해서 일생 참을 찾아 참되게 사신 분이라고 느끼지 않을 수 없었기 때문이다.

참이란 무엇인가. 우선 거짓이 없는 것이요, 속임이 없는 것이다. 그래서 참 말을 하는 사람이 참 사람이다. 날마다 수만 마디의 말을 하며 살지만, 그 속에 거짓이 얼마나 많은가. 나도 모르게 튀어나오는 거짓과 속임이 얼마나 많은가. 입에서 튀어 나오는 말을 깨어 성찰해보면 거의 무의식적으로 수없는 거짓이 나오는 것을 알 수 있다. 그래서 참된 사람이 되려면 우선 자기를 속이지 말라고 했다. 다석은 자기를 속이지 않는 사람이었다. '속은 맘 가죽은 몸'이니 몸의 집착을 끊고 마음에 속지 말고 참의 빛으로 살자는 것이었다. 맘에 속지 않으려면 컴컴한 속을 빛으로 밝히라는 것이다. 밝은 속알이 되어야 한다는 것이다. 빛이 참이다. 방이 빛으로 가득 참을 얻으려면 창문이 뚫려야 하고 방은 텅 비워야 된다. 다석은 텅 빈 마음에 얼의 창이 뚫려 참 빛으로 가득한 밝은 속알이 되자고 하였다. 밝은 속알이 되기 위해서 날마다 참을 그리며 살았다.

　참을 그리며 사는 삶을 하루살이라 하였다. 하루를 진실하게 살자는 것이요 그 방법으로 일좌식을 실천하였다. 저녁에 하루한 끼를 먹고 밤에 일찍 자고 아침에 깨어 기도하고 낮에 정직하게 일하는 것이다. 진실의 가을에서 시작하여 밤의 겨울을 지나 아침의 봄과 정직의 여름을 살자는 것이다. 참의 열매가 진실이다. 진실은 거짓 없이 순수하고 깨끗한 것이다. 꾸밈도 없고 거짓도 없고 있는 그대로 천연이요 욕심도 없고 의도도 없고 그저 어린아이처럼 생명이 약동하는 무위자연의 모습이다. 이렇게 다석은 거짓 없이 깨끗하게 순수의 빛으로 사는 정직과 진실의 참사람이었다.

　다석이 강연한 말씀을 글로 옮겨준 선생님들 덕분에 다석의 인격을 이렇게 조금이라도 짐작해 볼 수 있다는 것이 얼마나 감사한지 모른다. 말이나 글로써 그분의 뜻을 다 알 수는 없지만 그래도 참 사람의 말은 없어지지 않고 길이길이 우리 속에 새로운 획을 긋고 새 깃을 일으킨다.

가가 함인숙과 유유 김종란의 수고 덕분에 이처럼 주옥같은 다석의 말씀들을 접할 수 있게 된 데 대하여 깊은 감사와 존경을 표한다. 비록 다석의 말씀을 편린으로 접할 수밖에 없다는 한계가 있지만 그래도 참사람의 말은 참말이 되어 그 울림이 어디서나 가득 차고 피어난다. 피 한 방울로 온몸의 상태를 알 수 있듯이 진실한 말씀 한마디를 통해서도 우주의 참 진리를 알 수 있는 게 아닐까. 티끌 하나 속에 온 우주가 들어있다는 이 진실을 깨닫는 기쁨이 모든 독자들에게 전해지길 바라는 두 분 편집자와 함께 한 마음으로 기도한다.

감수 **평산 심중식**

서울대학교 공대
동광원 귀일연구소장,
고려사이버대학 기계제어공학과 출강
씨알재단 인문강좌 강사

일러두기

1. 이 책은 다석 유영모의 글과 강의 중에서 시어형식으로 정리한 것이다. 그의 글은 생전에 자필로 쓴 일지가 유일하며 그의 강의는 녹취되어 『다석일지』 4권과 다석학회에서 엮은 〈다석강의〉에 실려 있다.

2. 이 책은 총 4권으로 복사된 『다석일지』 중에서 발췌했고 〈다석강의〉에서도 일부 인용했다.

3. 1950~60년대 쓰던 말을 요즘 젊은이들이 이해하기 쉬운 말로 바꿨다.

4. 다석은 신을 부를 때 '하나이신 님', '하나님', '하늘에 계신 님', '한웋님' 등 다양하게 말했다. 이 책에서는 다석이 품었던 신에 대한 부름의 느낌을 살리면서 보편적 의미가 함축된 '하느님'으로 통일했다.

2권

태양이 그리워서

1장

태양이 그리워서

태양이 그리워서

모든 초목이 태양에서 왔기 때문에
언제나 태양이 그리워서
태양을 머리에 이고
태양을 찾아 하늘 높이
고디 곧장 뻗어가며
높이 높이 서 있는 것 같다.

사람은 하느님께로 왔기 때문에
언제나 하늘로 머리를 두고
언제나 하늘을 사모하며
고디 곧장 일어서서
하늘을 그리워하는 것 같다.
하느님을 찾아가는 궁신[1]은
식물의 향일성과 같이
인간의 가장 깊은 곳에 도사리고 있는
인간의 본성이라고 생각된다.

---

[1] 궁신(窮身)은 사람이 하나님을 찾아가는 본성. 궁신(窮神)하는 본성 때문에 사람은 풀이 땅을 뚫고 돋아나듯이 만물을 초월하여 무한한 발전을 가능하게 할 수 있으며 나무가 높이 자라 땅을 덮듯이 사람은 만물을 이기고 다스리며 살아갈 수 있다.

정신으로도 숨을 쉰다

자기가 자기로서
사는 것이
곧이 곧장 사는 것이다.
곧이 곧장 사는 것이
잘하는 것이다.

자강自强이란
자기가 힘쓰고
노력하는 것이다.
그러려면
쉬지 않고 숨쉬어야 한다.
쉬지 않는 불식不息이
숨쉬는 식息이다.

숨은 코로만 쉬는 것이 아니다.
정신으로도 숨을 쉰다.
정신의 숨이
생각이다.

숨이 막힙니까?

'삐뚤어' 간다는 것은
무슨 뜻일까?
삐뚤어지면
숨이 막힌다.
숨길이 막혔다는 것은
'마지막'을 가리킨다.

목숨길이라
비뚤비뚤 가면
안 되는 것이다.
목숨을 부지하려면
삐뚤어진 길을
피하여야만 한다.

당장 시원해진다

죽음은 없다.
그런데 죽음이 있는 줄 알고
죽음을 무서워하는
육체적 생각을 내던져야 한다.

죽음의 종이 되지 말라.
육체의 종이 되지 말라.
밥의 종이 되지 말라.

왜 밥을 못 잊을까?
죽을까 봐 그렇지.
그러나 생명이 영원함을 알면
당장 시원해진다.

모순과 반대를 무릅쓰고

우리 마음에는
모순도 있고 반대도 있다.
모순과 반대가 있는
지구상에서 우리는 살아왔다.
모순과 반대를 무릅쓰고
우리는 살고 있다.

태양계와 우주에도 모순이 있고
하늘에도 적지 않은 모순이 있는 줄 안다.
그렇지만 모순이 있기에
하늘의 원리를 좇아 조히조히 살고,
절대권자의 뜻대로
깨끗하게 살겠다는 정신을
우리가 아울러 가지고 있다.

생명을 완성하여야

근원적인 자기란
남자도 아니고 여자도 아니다.

하늘나라에는
시집가는 것도 장가가는 것도 없다.
천사는 남자도 아니고 여자도 아니다,
신은 남자도 아니고 여자도 아니다.
모두 하나다.

하나로 돌아가야 한다.
빛을 회복해야 한다.
생명을 완성하여야 한다.

정신이란 그런 것이 아니다

흔히 사람의 정신이란
어디에 매어놓으면,
일이 잘될 것 같이 생각한다.
그러나 정신이란 그렇게 되는 것이 아니다.
어디에다 묶어 놓을 수 있는 게 아니다.

사람은 매인 데가 있어야 한다고 한다.
특히 몸을 매어보고 싶어 한다.
이런 생각은 되도록
깨뜨려버렸으면 좋겠다.
정신에 있어서는 더욱 그렇다.

그리스도교에서는 그리스도에게
정신을 붙들어 매어놓고 싶어 하지만
정신이란 그런 것이 아니다.

온전함을 바랐던 인류

천직에 순직한 자는 장소 여하를 불문하고
교리가 있건 없건 십자가를 진 사람이다.
결코, 편협한 예수 그리스도가 아니다.
그리스도가 태어나기 몇 천 년 전부터
온전함을 바랐던 인류는
비교적 좋았다는 이사야 때에도 다윗 왕 때에도
온전한 인격을 얻지 못했다.

그런데 줄곧 바라던 온전함이
유대 민족에게 나타났던 것이다.
그 온전함이 곧 예수가 아닌가?
못된 권력자들에게 핍박당한 민족이
어찌 유대인뿐이겠는가?
그런데 그리스도가
유대민족에게만 하강하겠는가?

우리가 예수를 보는 각도도
좀 달라져야 한다.

자기가 타고난 천직

사람에게는 천직이 있다.
타고난 매인 곳이 있다.
타고난 매일 데가 있는 사람은
천직을 사는 것이다.
이 세상이 제대로 안 되는 것은
자기가 타고난 천직을 업신여기는 까닭이다.

좀 쉽게 돈을 벌 수 있고,
많이 모을 수 있는
잔재주를 배워서 서투르게 일을 하니까
이 세상이 이 모양이다.

남이 기술을 배워서 돈을 번다니
나도 그 재주를 배워서
그 사람처럼 돈을 벌어보겠다고
자기의 천직을 버리고 딴 길을 간다.

그래서 대개 직장인들은
자기가 하기 싫은 일이지만
이것 아니면 굶겠으니
어쩔 수 없이 한다고 한다.

자기가 무슨 일을 위해 태어났는가를 알아
곧 천직을 밝혀 그 일에 대한 교육을 받아야 한다.

천직을 타고가면 좀처럼 다른 데로
이동을 하지 않는다.
마음대로 하지 못한다.
그런 뜻에서
십자가에 못 박힌 예수 그리스도는
천직에 매달린 분이다.

마음을 다해 농사짓는 이

참 마음으로 섬기는 이가
성모라는 것을 느끼며
기도하는 것은 인정한다.

비단 성모에 대해서만이 아니다.
자기가 진심으로 지성으로
섬김을 하는 이는
모두 성모로 인정할 수 있다.

그런 뜻으로 우리나라 농부는
우리가 의식하거나 못하거나
상관없이 우리의 어머니이다.

우리가 밥을 지어먹는데
어머니가 지어주는 것 같이
그에 앞서 농부가 우리에게
농사를 지어주었다.

지금은 서로가 할퀴고 물어뜯는
세상이 되었지만
정말 농사를 자기의 천직으로 삼아
마음을 다해 농사를 짓는 이는
우리의 어버이다.

우리는 그들을 대접해야 한다.
땀 흘리며 김매는 농부는
어버이상과 같다.

이러한 마음을 서로 가지게 될 날이
오기를 바란다.

서서 돌아봄

명동 성당에 가보면 뜰에 마리아 상이
크게 세워져 있다.
그런데 이 성모상은 꼭 서 있지
앉아 있는 법이 없습니다.
이것은 뒤집어 생각하면
어머니가 아기에게 '잠자고 자라라'
하는 것과 같은 생각이다.

한시도 앉아 있을 수가
없는 분이 성모이다.
지금은 사정이 다르지만
우리나라의 어머니들
특히 옛날의 어머니는 거의 다 성모이다.

서서 돌아봄이 어찌나 많은지
앉아서 따뜻한 밥 한 그릇 못 얻어먹었다.

더울 때 더위를 혼자 이고,
추울 때 추위를 혼자 이고,

앉지도 못하고 서성거리다가 간 것이
우리나라 어머니들이다.

이와 비슷한 것으로
관세음보살[2]이 있다.
세상 소리를 들어준다는
영리한 부처님이다.
관세음보살 중에는
천수관세음보살도 있다.
손이 천 개요 귀가 천 개이다.
그만큼 바쁘다.

세상 소리를 죄다 듣고
손으로 죄다 해결해 주기 때문이다.
불교에서도 이 부처가
가장 자비하다고 한다.

---

2) 관세음보살(觀世音菩薩): [명사] 〈불교〉 세상의 소리를 들어 알 수 있는 보살이므
로 중생이 고통 가운데 열심히 이 이름을 외면 도움을 받게 된다고 함.(네이버
사전)

보지 않으면 못 견디는

아기상이나 성모상이나
부처상이나 그리스도상이나
다 늘 보아 좋은 상이다.
이 상을 한참 안 보면
안 보는 우리의 꼴이 못 되어 간다.
이 상과 우리의 관계가 그러하다.
이 상들 속에서
생명의 율동을 못 느끼면 헛일이다.

못된 색깔의 마음이 움직여
좋은 상을 못 본다.
항상 보고 싶은 상,
보지 않으면 못 견디는 상,
이것을 우리는 찾고
생명의 율동을 느껴보아야 한다.

앉는 일에 골몰한 사람은

앉아있는 부처의 모습은 참에 가까운 상이다.
인도에서는 앉는 것을 귀하게 여긴다.
참선이 그것인데
앉아서 아주 완전에 들어가려는 것이다.

마지막에 석가는 자신이 깨닫기 전에는
안 일어나겠다고 마음먹고
앉은 채 마귀와 싸워
끝내 아주 좋은 것을 얻었다고 해서
'금강경'을 내 놓았다고 한다.
그래서 앉는 일에 골몰한 사람은
성불할 수 있을 것이다.
자꾸 깨어나가겠다는 일이
부처될 사람의 일이다.

성경의 가르침도 깨어나야 한다는 것이다.
깨어나기 위해 우리는 앉아서 배기는 일을
참고 배워야 한다.

미美라는 것이 없다면

이 세상에 참 미美라는 것은 없다.
참 미는 상대세계에 있을 수 없다는 것을
꽃이 미의 대표로서 가르쳐주는 것이다.

이것을 모르기 때문에
이 상대 세계에서
더 낫다고 여기는
이상한 미를 찾게 되는데
잘못하면 호기심이 일어나
나쁜 길로 빠지게 된다.

그러나 이 세상에 참 미美라는 것이 없다면
저 위의 하늘에는 있을까? 하고
하늘을 쳐다보고 느껴보려고 한다.
마침내 영원을 생각하게 된다.

꽃처럼 잠깐이라는 것

봄이 되니 꽃과 잎이 피고 빛깔이 좋다고 하며
땅 위의 것에 인생이 있는 양 좇는데
실은 거기에도 뜻이 있다.
좇는 우리에게 절실한 무엇을 가르친다.
꽃은 단적으로 우리에게
미美를 가르쳐준다.

우리 인생에는 아름다움이라는 것이
여러 가지 있지만 그 대표가 꽃이다.
교육에서 미의 개념을 가르칠 때
그 예로 꽃을 먼저 든다.
이 땅 위에서 느끼는 아름다움이
순간에 불과하다는 것을
꽃은 우리에게 일러준다.

이것을 매년 우리에게 보여준다.
꽃은 어느 날 아침에 활짝 피고는
어느 날 저녁에 시들어 없어진다.
이를 통해 이 세상의 모든 미가
꽃처럼 잠깐이라는 것을 알기 쉽게 가르쳐준다.

보이지 않는 하늘에서

우리 생명이
땅 위에 한정된 것만은
아니라는 것을 늘 생각한다.

보이지 않는 하늘에서
영원을 찾아보자는 이 생각은
어느 경전이나 다 같다.

이 영원에 관한 이야기는
어느 경전이나 하나의 의의를
가지고 있음을 알 수 있다.

실을 뽑았으면 죽는 것

누에는 죽어야 고치가 된다.
죽지 않으려는 생각은 어리석은 일이다.
실을 뽑았으면 죽는 것이다.
집을 지었으면 그 속에 드는 것이다.
열반에 드는 것이다.

실을 다 뽑기까지 살아야 하고
실을 다 뽑으면 죽어야 한다.
죽지 않으려고 하지 말고,
실을 뽑아라.
집을 지어라.
내가 가서 있을 집을
예비하는 것이다.

그 생각만 하라는

'쉬지 말고 기도하라'는 것은
다른 말이 아니다.
영생 다 하도록
그 생각만 하라는 것이다.

한번 붙잡으면
죽으면 죽었지 놓지 않는다는 것이
예수를 믿는 것이다.

님을 찾느냐 못 찾느냐

절대 진리를 위해서는
내버릴 것은 죄다 내버려야 한다.
이런 일은
모두 님을 생각하는데서 가능하다.

삶을 가진 자는
영원히 사랑을 추구해 나간다.
이 세상이 제대로 되느냐 안 되느냐는
님을 찾느냐 못 찾느냐
사랑의 힘을 갖느냐 못 갖느냐에 달려있다.

죽음과 깨어남은 같은 말

죽음과 깨어남은 같은 말이다.
그것이 꽃피다.
꽃이 피요, 피가 꽃이다.
의인의 피는 다 꽃의 피요,
그리스도의 피다.
아무리 악한 세상도
이 피로 씻으면 정결케 된다.
세상을 의롭게 하는 것은
의인의 피뿐이다.

자기가 넘치게 될 때

내가 아버지의 영광을
드러낸다는 것은 무엇일까?
아버지께서 나에게 주신
아버지의 본성을 완성하는 것이다.
그것이 진리다.

진리란 본성의 완성이다.
진리를 깨우쳤다는 것은
본성이 완성되었다는 것이다.
성숙한 인간이 되었다는 것이다.

스스로 설 수 있는
누구의 구제도 받을 필요 없는
자족할 수 있는 인간이 되었다는 것이다.
그리하여 자기가 넘치게 될 때
남도 넘치게 한다는 것이다.

진리와 성숙은 같은 말

진리를 깨닫는 것과
죽음을 넘어서는 것은 같은 말이다.

죽음을 넘어선다는 것은
미성년을 넘어서는 것이요,
진리를 깨닫는 것은
지식을 넘어서는 것이다.

지식에 사로잡힌 사람이 미성년이요,
지식을 넘어선 사람이
진리를 깨달은 사람이다.

진리와 성숙은 같은 말이다.
죽음을 넘어서고
진리를 깨닫는 것이다.

정신이 깨는 것이

신앙은 하늘나라를 바라는 것이다.
하늘나라가 목적인 것을 어떻게 아는가?
그것은 정신이 목적인 것을 알기 때문이다.
육체가 정신의 수단이요 거름이다.
육체가 거름이 될 때 정신이 살아난다.

정신이 사는 것이 사는 것이다.
정신이 깨는 것이 사는 것이다.
정신이 깰 때 인생은 한없이 기쁘다.
육체가 거름이라는 것은
금식해 보면 안다.
금식하면 정신이 깬다.
정신이 깨면 기쁘고 행복하다.

이치는 곧 길이 아니겠는가?

길이란 우리가 움직여가는 데에는
없어서 안 될 것이다.
길이 없다면 우리는 꼼짝할 수가 없다.
공간은 모두 이 길을 위해 있다.

원자나 전자 사이의 공간,
세포 사이의 공간도
이 길을 위한 것이다.
길이 없다면 원자나 세포는
제 구실을 다 할 수 없을 것이다.

분간分間한다는 어휘도
공간을 전제하는데
모든 이치가 다 분간을 하는 데 있다면
이치는 곧 길이 아니겠는가?

길이 곧 이치인 것이다.
도道라는 것은 길을 말한다.
허공이 진리라는 말은
이 점에서 이해해야 할 것이다.

불교에서 말하는 법法도
이러한 이치와 길을 가리킨다.
도道라는 글자나
이理라는 글자는
같은 뜻을 나타낸다.
참 이치가 곧 길이다.

깬 것이 빛이다

빛은 정신이다.
정신의 자각,
그것을 나는 빛이라고 말한다.

내가 있다는 것은
내가 깨었다는 것이다.
깨었다는 것이 생각이다.
밝은 것이 빛이듯이
깬 것이 빛이다.

깨었는지 안 깨었는지는
말이 심판한다.
예수도 모세도 신도 심판 안 한다.
말이 심판한다.
법이 심판하듯이 말이 심판한다.

신이 없다면 어때?

신이 없다면 어때?
신은 없이 계신 분이다.
그래서 신은 언제나 시원하다.

신은 육체가 아니다. 영이다.
영은 없이 계신 분이다.
팔이 부러지면 아무리 아파도
바로 잡아야 하듯
못된 세상은 어떤 희생을 치러도
바로 잡아야 한다.

정신이 깨야 영생이고
옳아야 영생이다.
영생은 생사와 관계가 없다.

새가 알을 깨듯이

예수는 죽음을 앞에 놓고
나는 죽음을 위해서 왔다고 말한다.
죽으러 왔다.
예수께서는 죽음을 깸으로 본 듯하다.
나무가 불이 되는 것이 죽음이다.
인자가 영광을 받을 때가 왔다.

정신을 드러낼 때가 왔다.
정신은 죽음을 넘어설 때 드러난다.
죽을 수 있는 것이 정신이다.
사람은 죽을 때 죽어야 하고
죽을 터에서 죽어야 하고
죽을 이유가 있어서 죽어야 한다.

예수는 세 가지를 다 계산해본 결과
지금이 곧 그때라고 생각한 것이다.

새가 알을 깨듯이
지금이 바로 이때라고 결정한 것이다.
내가 이를 위하여 이때에 왔다.

계산은 끝났다. 셈은 다 끝났다.
이제 죽음을 넘어서 내가 드러난다.
나는 죽는 것이 아니다.
나는 태어나는 것도 아니다.
나는 영원한 생명이다.
그것을 보여 줄 때가 온 것이다.

나비가 되기 위한 준비

산에서 물이 흘러내리듯
생명에서 생각이 나오는 것이 종교다.
누에는 애벌레, 고치, 나비로 변형한다.

죽음을 고치로 보자.
이제 나비가 되어 날기 위해서 고치가 되는 것이다.
죽음이란 나비가 되기 위한 준비다.
죽어야 한다.
죽음이 없으면 자유도 없다.
진리는 죽는 것이다.

우리는 이 세상을 목적으로 알고 있지만,
여기가 목적은 아니고 수단이다.
여기서 살고 그치는 것이 아니다.
여기는 지나가는 길이다.

목적은 따로 있다.

육체가 목적이 아니고 정신이다.

여기가 목적이 아니고 하늘나라다.

그것을 믿는 것이 하늘나라다.

신앙은 하늘나라를 바라는 것이다.

나에게서 나오는데

신이 통해야 시원하다.
신이 통한다.[3]
내가 생각은 했는데
나도 모르는 것을 보면
내 생각도
신으로부터
오는 것 같다.

나오기는
나에게서 나오는데
오기는
하늘에서 온다.
나오는 것은 생각이고
오는 것은 생명이다.

---

3) 신통(神通)하다는 말은 신기할 정도로 묘하다는 뜻으로 흔히 쓰는 말이지만 다석
은 신이 통해야 신통해진다는 의미로 말씀하신다.

왜 못 되었나?

예수를 믿는다는 것은
이 세상이 잘못되었으니
바로 잡자는 것이다.

이 세상은 참 못 됐다.
왜 못 되었나?
삶의 법칙이 잘못되었으니
못 되었다는 것이다.

이 세상을 잘 되게 하자.
그것이 크리스천이요
그것이 사는 것이다.
그러기 위해서는
생의 법칙을 바로 잡아야 한다.

참 하나를 쫓아가는 것

정성이나 정의나 신념이나
진리나 사상이라는 것은
결국은 참 하나를 쫓아가는 것이다.

성誠이라는 것은 참이다.
동양에서 진리라는 것은 참이다.
성경의 아멘과 같다.

아멘이란 말은
우리말로는 '아무렴 그렇지'이다.
이것이 성誠이다.

주저 없이

옛날에는 스승을 하늘같이 모셨고
그 덕에 따라 그 제자들이 모였다.
제자는 스승의 뒤를 따라야 한다.
그러던 중 화를 당해
스승이 그 일을 처리하지 못하면
제자가 사양하지 않고 일을 맡는다.

인자라면 화를 당할 때
남에게 떠맡기지 않고
주저 없이 그 일을 감당해야 한다.

지금 세상에
스승으로 택할 스승이
어디에 있는가 하지만
영혼이라는 스승을 알아서
이에 덕을 따라서
영혼의 길로 들어서면 된다.

기가 막힌 말

옛날부터 땅을 뺏기 위해서 싸움을 하면
사람의 시체가 땅에 넘친다고 한다.
성城을 다투면 시체가 성을 채운다고 하는데
이것은 땅에 사람 고기를 먹인다고 하는 것이다.
기가 막힌 말이다.

성경에도
가인이 아벨을 죽인 피를
땅에서 토하게 한다는 말이 있다.
땅에 피를 먹이는 죄는
죽음으로도 벗어날 수가 없다고 한다.
하늘 심판이 무섭지 않느냐?

서둘지 않으면서

예수가 불가능을 능욕4)한지 2000년이 되었지만
아직도 실현되지 못했다.
그러나 낙심하지 않고 그 길을 가는 것이
우리들의 일이다.
이것이 소위 신앙이라는 것이 아닌가?
그 때문에 신앙하는 사람은
급하게 굴지 않는다.

불가능한 것을 급하게 가능케 하려면
그것은 도적놈밖에 되지 않는다.
사견에 빠지고 만다.
불가능을 급하게 능욕한 것은 잘못이지만
그러나 곧음을 바라보고 서둘지 않으면서
꾸준히 나가는 것이
바로 그게 신앙인 것이다.

---

4) 능욕(凌辱):남을 업신여겨 욕보임. 여자를 강간하여 욕보임.

머리를 하늘에 두고

목적이 하늘에 있지
땅에 있지 않다.
목적이 삶에 있다면
그 삶이라는 것은 하늘에 있지
결코, 이 땅에 있는 것이 아니다.
삶의 참 뜻은 하늘에 있지 여기에 있지 않다.

참 뜻은 영원한 허공, 보이지 않는데 있다.
세상 사람들은 세상을 잘 다스려야 한다.
또는 땅 덩어리인 나라를 잘 다스려야 한다고 한다.
그러나 하늘에 가는 일을 잘 해야지
세상이나 나라를 잘 다스려야 한다는 것은
기어코 헛 일 밖에 되지 않는다.

사람들은 하늘에서 먼저 해야 할 것을
땅에서 먼저 한다.
사는 목적을 하늘에 두지 않고 이 세상에 둔다.
이 세상에는 우리가 가질 목적이 없다.
이 땅에서 참이라고 한 것은
상대적 참이지 온전한 참이 아니다.

그러기에 우리는 머리를 하늘에 두고
몸뚱이를 곧이 하여
하늘에 가까우려고 애를 쓰는 것이다.

기회를 다 써야

마치는 것을 알면
그것을 마쳐야 한다.
마치도록 힘써야 한다.

내 이웃을 내 몸과 같이 사랑하는 것이
이룩해야 할 것이라면
그것을 서로 완전히 이루도록
끝까지 마치도록 노력해야 하는 것이다.

갈 곳, 갈 길을 알면
기회를 다 써야 한다.
어지간히 기회가 가까워 온 줄 알면
거기에 이르도록 힘을 다해서
마칠 것을 마칠 수 있어야 한다.

학문이 기도가 되어야

신을 가까이 붙잡겠다 하면 안 된다.
신은 멀리서 찾아야 하며
그것은 학문이 되어야 한다.

학문을 낳지 못하는 신앙은 미신이다.
아버지의 신비를 찾는 일은
그것이 지식을 낳는데 있다.

신앙인은 연구에 연구를 계속하여
학문이 기도가 되어야 한다.

기도는 보편적이고 심오한 추리가 되어
우리의 정신 생명이
최고의 활동을 해야 한다.

하느님께 드리는 맙

밀알이 땅에 떨어져 많은 열매가 되듯이
우리는 그리스도의 밀알이
땅에 떨어져 죽었기 때문에
오늘 성령의 밀알이 되었다는 말이다.

그리스도가 밥이 되었으니
우리도 밥에 되었다는 것이다.
밥은 제사 드릴 때는
맙! 이라고 하는 모양이다.
그래서 이제부터는 맙이라고 한다.

하느님께 드리는 맙5)
이것이 인생이다.

---

5) 맙: 다석은 밥과 말씀을 결합한다: "… 밥에는 말씀이 있다 … 인생은 하나님의
   말씀을 바칠 수 있는 밥이다 … 밥을 먹고 육체를 기르고 이 육체 속에는 다시
   성령의 말씀이 영글어 정신적인 밥 말씀을 내놓을 수 있는 존재다 … 목숨은 껍
   데기요 말씀이 속알이다 … 밥은 제사드릴 때는 맙이라고 했다."(다석)

밥 먹는다는 것은

우리 몸이
하느님의 성전인 줄 아는 사람만이
능히 밥을 먹을 수 있다.
밥은 하느님께 드리는 제사이기 때문이다.

내가 먹는 것이 아니라
하느님께 드리는 것이다.
내 안에 계시는
하느님께 드리는 것이다.

그러니까 밥 먹는다는 것은 예배다

기차의 좌석 버리듯

예수도 자리다툼을
하지 말라고 타일렀다.
사람들이 다툴 때 다투더라도
어느 때 가서는
깨끗이 그만두었으면 좋겠다.

기차간에서 다툰 그 자리는 거저이다.
우리의 싸움도
기차의 좌석 버리듯
그쯤 깨끗하게 버렸으면 한다.

나 따로 길 따로

예수가
"나는 길이요 진리요 생명이다"[6] 했다는데
'내'가 간다면
길 따로 나 따로 있을 리가 없다.
길이 없다고 '내'가 못 가는 것 아니다.
'나' 있는 곳에 길이 있다.
나 따로 길 따로가 아니다.
예수가
"나는 길이요 진리요 생명이다"라고 한 것은
나와 길, 나와 진리, 나와 생명이
둘이 아니라는 뜻으로 해석할 수 있다.

---

[6] 신약성서 요한복음 14장 6절.

신을 알려는 것

맘은 항상 궁신하는 자리에
가 있어야 한다.
신을 알려는 것이 궁신이다.
신은 다른 게 아니다.
우리들이 바로 신이다.

지금에는 신의 능력을
나타내지 못하지만
이 다음 신으로
돌아가는 것만은 사실이다.
궁극에
내가 신이 되겠다는 것 아닌가?
신의 자리에 간다는 것이다.

정신이란
곧 궁신(窮神) 7)하겠다는 것이다.

---

7) 궁신(窮神): 사람의 가장 깊은 곳에 숨겨져 있는 사람의 본성(本性).

신에게 이름을 붙이면

나는 이름이 있을 수 없다.
이름을 붙이면
그건 내가 아니다.
벌써 다른 것으로 바뀐 것이다.
나에게는 이름이 없다,
신은 본래 이름이 없다.
신에게 이름을 붙일 수가 없다.

신에게 이름을 붙이면
이미 신이 아니요 우상이다.
나도 이름을 붙일 수 없다,
이름을 붙이면
벌써 나는 나가 아니요
허수아비가 되고 만다.

이름 없는 것이

영원한 생명에
이름이 있을 수 없다.
이름 없는 것이
나의 본바탕이요,
나란 영원한 생명이
폭발하여 나타날 뿐이다.

정신과의 거래

대낮처럼 밝은 게
한없이 좋긴 하지만,
그 대신
잊어버리는 것이 많게 된다.
더구나 굉장한 것을
잊게 되는 경우가 있다.

그건 다름 아니라
영혼과의 생활,
정신과의 거래를
잃어버리는 것이다.

영혼이 산다는 것을
잊어버린다.

저 깜박이는 별들이

사람들은
낮을 좋아하고,
밤은 쉬는 줄 알고 있기 때문에
밤중에
저 깜박이는 별들이
영혼과 속삭이는 것을
모르고 있다.

얼굴만이 영원히 드러날 것

영원불멸하는 것은 영혼뿐이다.
결국, 옷은 아무리
화려하고 찬란한 옷이라도
그것이 비록 살옷이요
몸옷이라도 칠십 팔십이 되면
결국, 벗어버리고 만다.
그리고 드러나는 것은 영혼뿐이다.

영혼을 드러내는 골짜기가 얼굴이다.
아마 누구나 얼굴을 위로
쳐들고 다니는 것을 보면
얼굴만이 영원히 드러날 것이라는
상징인지도 모르겠다.

집 지으러 왔다

내가 가서 있을 집을
지어 놓는 것이 이 세상의 일이다.
이 세상은 거저 있으라는 것이 아니다.
우리는 집 지으러 왔다.

실 뽑으러 왔다.
생각하러 왔다.
기도하러 왔다.
일하러 왔다.
집 지으러 왔다.

너희는 마음에 근심하지 말라.
하느님을 믿으니 나를 믿어라.
내가 가서 있을 집을 지어 놓겠다.
가서 지어 놓는 것이 아니다.
벌써 여기에서 지어 놓았다.
이 세상은 집 짓는 길이요
하늘에 오르는 길이다.

지극한 성誠의 자리에 가면

제사는 정성으로 해야 한다.
성誠 하나이다.
차린 것이 문제가 아니다.
신이 있느냐 없느냐가 문제가 아니다.
그것은 성誠으로 해결된다.

예루살렘에서 예배를 보거나
사마리아에서 예배를 보거나
자기의 참을 가지고
정성을 다하면 되는 것이다,
옆에서 누가 뭐래도 들리지 않고
그 밖에 아무 것도 보이지 않는
지극한 성의 자리에 가면 된다.

내가 사람이 될 때

내가 사람이 될 때
모든 사람은 사람이 된다.
그것이 제정일치[8]다.
그렇기 때문에 제사의 뜻을 알면
백성 다스리기가
손바닥 들여다보는 것처럼
쉬워진다는 것이다.

이어서 산다는 것은
예禮라 하고
지금 여기 살고 있는 세상을
여기라고 한다.

무슨 생각을 할 때는
바로 여기 있는 것을 생각하라고 했다.

---

8) 제정일치(祭政一致):고대 국가의 권력 형태로 제사와 정치를 같은 인물이 담당한
다는 뜻이다.

정성이 있으면 신이 있고

제사의 핵심은 정성이다.
정성이 있으면 신이 있고
정성이 없으면 신이 없다.
결국, 신에 이르는 길은 정성뿐이다.
정성 성誠은 말씀言이 이루어진다成는 글자다.
말씀이 이루어지고 예언이 이루어진 것이
그리스도라고 한다.

그리스도를 통해서
신에 도달하는 것이 기독교지만
유교에서는
말씀을 이룬 지행일치9)의 사람을
성인이라고 한다.

---

9) 지행일치(知行一致): 지식과 행동이 일치함.

머리에 이는 것

한울을 머리에 둔 나는 한울님만 그리운데
사람이 동물과 달리 고디 곧장 일어설 수 있는 것은
하늘에서 온 탓이라고 생각된다.

이러한 인간의 본성 때문에
땅에서 나오는 풀처럼 만물을 초월하고
무한한 발전을 가능케 할 수 있으며
온 땅을 덮는 높이 자란 나무처럼
만물을 이기고 만물을 극복하고
만물을 다스리고 살아갈 수가 있는 것이다.

이것은 내가 나서고 이기어 제일 되겠다는 것이 아니라
하느님의 빛과 힘을 드러내기 위해서
하느님을 더욱 빛나고 힘있게 하기 위해서
하느님을 우리 머리에 받들고 머리 위에 이기 위해서
우리가 이 세상에 나온 것이요
우리가 이 세상을 이기는 것이다.

하느님을 우리 머리에 이는 것이 결국
섬김이다.

섬김, 본연의 모습

인간의 아름다운 모습은 섬김에 있다.
인간의 본연의 모습은 섬김에 있다.

그런데 많은 사람 가운데
정말 하느님을 섬기고 사람을 섬기신
가장 으뜸가는 목숨은
그리스도 아닐까?

온 인류로 하여금 그리스도처럼
그렇게 살도록 보여진 섬김의 모습
봉사가 전부이신 분
아버지와 어린이를 섬기는
섬김 자체인 어머니처럼
하느님과 인류 섬김을
자기 생명으로 삼으신 그리스도의 섬김

섬김, 인간의 자연스런 본연의 모습 아닐까?

2장
언제나 신발을 벗을 수 있도록

언제나 신발을 벗을 수 있도록

인생의 몸은
힘이 있어야 하고
인생의 마음은
빛이 있어야 한다.

빛과 힘은 인생의 핵심이다.
정신의 빛과 영혼에
힘이 없으면
인생은 마음 놓고
죽을 수가 없다.

언제나 신발은
벗을 수 있도록 한다.

남이 지어준 신발이니
뜻있게 신다가
아낌없이 벗어버리는 것이
인생의 도리다.

머리 위에 이는 것

하느님의 빛과 힘을
드러내기 위해서
하느님을 더욱 빛나고
힘있게 하기 위해서
하느님을 우리 머리에 받들고
하느님을 우리 머리 위에 이기 위해서
우리가 이 세상에 나온 것이요

우리가 이 세상을 이기는 것이다.
하느님을 우리 머리 위에 이는 것이
그것이 나섬의 목적이요
이김의 내용이다.

튼튼하게 간수해야

초가집을 고친다고
문제가 해결되는 것이 아니다.
이 몸을 고쳐서
영 잘 살자는 것이 아니다.
이 몸은 아무리 튼튼해도
죽을 때 죽는 것이지 죽지 않을 수는 없다.

이 몸은 전셋집이나 같다.
빌려 쓰다가 결국은 두고 가는 것이다.
이 몸은 내 것이 아니다.
내 것이라면 내 마음대로 할 수 있지만,
내 것이 아니기 때문에
내 마음대로 할 수 없다.

이 집은 이 집의 법칙에 따라서
존재하는 것뿐이다.
약하든지 강하든지
결국, 이 집은 내놓아야 하는 것이다.
물론 살고 있는 동안
깨끗하고 튼튼하게 간수해야 한다.

싹 지워버려야

모으는데 힘써
물질을
잔뜩 쌓아 놓고
자기 혼자만이
잘 살려고
약은 수단 다 부리는
어리석은 짓은
싹 지워버려야 한다.

매인 생활

매인 생활
그것은 우상 생활이다.
그래서 매여서는 안 된다.
사람이 매이려고 하는 것은
돈을 모으려는 것인데
기왕이면 큼직하고 남는직한데
매이려고 한다.

그러나 거기에 바로 매어지느냐 하면
그게 안 되는 것이다.
매는데 매어지기를 요구하고
매어지면 돈을 모아서
더 큰 데 매어지기를 요구한다.
이게 요즘 말하는
정상배10)의 심리이다.

---

10) 정상배(政商輩): 정치가와 결탁하거나 정권(政權)을 이용하여 사사로운 이익을
   꾀하는 무리.

맴과 몸

의식주를 구하되
내일을 염려하지 말자.
맴과 몸은 그만두자.

맘을 비워 보자.
매어보겠다는 것 그만두고
모으겠다는 것 그만두고
빈 맘만 가지고
살아가자는 것이다.

몸 맘이 있으면
자유를 바랄 수 없다.
몸이라는 우상을 숭배하고 있으면서
자유를 아는 것은 위험하다.

다 사용하지 못하고

백 칸 집에 사는 부자 자식이
백 칸 집을 다 사용하지 못하고
겨우 사랑방 한 곳만
쓰고 사는 경우가 있다.
이처럼 한 방에서 살다 죽는다면
참으로 불쌍한 것이다.

그렇게 살면서도
우주를 쥐었다 놓았다 하면 모르겠지만
우리는 우주의 주인으로 살아야 한다.

우주를 삼킬 듯이 돌아다녀야지
집 없다 걱정
방 없다 걱정
병 난다 걱정
자리 없다 걱정

그저 걱정하다가 판을 끝내서야 되겠는가?

사람을 가릴 줄 아는 것

사람을 가릴 줄 아는 것이 양지良知 11)다.
인간의 본성은 사람 되는 것이지
부자 되는 것이 아니다.

부는 인간에게 힘을 주고
귀는 인간에게 빛을 준다.
부귀는 힘과 빛 때문에 인간에게 필요하다.

그러나 인간에게는
정신력과 얼빛이 있는 줄 알아야 한다.
그것이 힘이 있고 빛나야 사람이지
정신력이 없고 얼빛이 어두워진 후에
부귀를 가지고 대신 하려면
그것은 인류멸망의 징조다.

우선 부귀를 넘어서는
정신력과 얼 빛을 가진 사람만이 양지良知다.

---

11) 양지(良知): 사람이 나면서부터 가지고 있는 선함을 아는 능력.

태울 것은 태워야

우리는 머무는 것 없이
내 맘 머물지 말고
마음을 자꾸 나가게 해야 한다.
내 마음을 내가 내야 한다.
그러기 위해서는
희로애락 따위
태울 것은 태워야 한다.
즉 희로애락을 화합시켜 나가는 가운데
길을 가야 한다.

지킬 것은 지켜야

택할 것은 택하고 버릴 것은 버리고
구별하고 차례를 지킬 것은 지켜야 한다.
본능적으로 살지 말고
의지력으로 행위 해야 한다.
본능적으로 살면
눈물밖에 없는 사회가 되고 만다.
눈물을 거두고
살 때 살아야 한다.

목숨 길

숨길로 들어가는 빛은
아주 가늘고 희미하고
다시 돌아서 비춰주지 않는
아주 먼 길만 가는 빛인데
이 빛을 곧장 바라보라는 것이다.
고디 곧장 보는 것을 못 보고 죽으면,
목숨 길을 잊은 것이 된다.

나는 이 사실을 강조한다.
우리는 이 사실을 알아야 한다.
아는데 그치지 않고,
익히는 자리에까지 가야 한다.

고요한 빛

우리는 세상의 햇빛을
참으로 알아서는 안 된다.
참 빛은
고요한 빛, 적광寂光 12)이다.
이 적광을 찾는 참이
진실무망眞實無妄 13)이라는 것이다.

우리는 이 세상 끄트머리이다.
이 끝 점點이 정말 진실무망한
적광체를 찾아가는 것
이것이 종시終始14)이다.

하늘의 아들은 종시終始요
사람의 아들은 시말始末 15)이다.

---

12) 적광(寂光): 세상의 번뇌를 끊고 적정(寂靜)한 열반의 경계로 들어가 발휘하는
   참된 지혜의 빛.

13) 진실무망(眞實無妄): 기본 의미는 '영원하다', '성실하다', '정직하다'이며, 심지
   (心志)가 견고하여 하나님께 충성되고 사람에게 참되다는 뜻.

14) 종시(終始): 마지막과 처음. 또는 마침과 시작함.

15) 시말(始末): 처음과 마지막 또는 시작함과 마침.

인물과 재간을 떠나야

사람은 계속 배워야 한다.
선생을 두려워하고 어렵게 여기고
공경해야 한다.
사람이 선생을 선생으로 존경하지 않고
부리려고 하면
선생의 도는 이어받을 수 없고
선생의 덕을 받아들일 수 없다.

사람은 인격이
중심이 되어야지
재간이나 인물이
중심이 되면 안 된다.
인물과 재간을 떠나야 덕성이다.

초석이 되어야

학생들은 이 국방의 주춧돌이 되어야 한다.
옛날에는 집을 지을 때
땅을 다지고 주춧돌을 세운다.
큰 돌은 큰 대로
작은 돌은 작은 대로 무슨 돌이나 다 쓴다.

학생은 대들보가 아니라
초석이 되어야 한다.

이제 나라는 조그마한 집이 아니고
온 인류가 다 잘 살 수 있는
그런 나라가 되어야 한다.

상대에 빠져 헤매지 말고

절대16)에 서야 상대는 끊어진다.
상대17)에 빠져 헤매지 말고
절대에 깨어나야 한다.
자기가 무지임을 알아야 한다.
아무리 상대가 많아도
절대에 비하면
없는것이나 마찬가지다.
그러니까 진리를 깨치는 것이
가장 급선무다.

---

16) 절대(絶對): 아무런 조건이나 제약이 붙지 아니함. 비교되거나 맞설 만한 것이
   없음. 어떤 대상과 비교하지 아니하고 그 자체만으로 존재함.

17) 상대(相對): 서로 마주 대함. 또는 그런 대상. 서로 겨룸. 또는 그런 대상. 서로
   대비함. 다른 것과 관계가 있어서 그것과 떨어져 존재할 수 없는 것.

섬김

결국, 나섬과 이김은
한마디로 섬김이다.
인간의 아름다운 모습은
섬김에 있다.
인간의 본연의 모습은
섬김에 있다.

풍선이 터져야

어른이 되면
제정신이라야 한다.
저 잘난 맛에 산다.
이것이 교만이다.
교만이 깨져야 한다.
바람이 빠져야 한다.
겸손해져야 한다.
풍선이 터져야 한다.
망상이 없어져야 한다.
그리고 실상에 깨어나야 한다.

그리하여 내가 못난 줄을 알아야 한다.
그리하여 무상이 되어야 한다.
내가 없어져야 한다.
그래야 마음이 가라앉고
거울같이 빛나게 된다.
바람이 자고 호수같이 빛난다.

그것이 얼이라는 것이다.

어진 것을 떠나면

옳다고 하는 생각은
떠날 수가 없다.
이 정신이 나타난 것이
곧 인仁이다.

옳은 것은 어진 것을
조금도 떠날 수가 없다.
어진 것을 떠나면
살 수가 없다.

'올'이라는 것
잊어서는 안 된다.
올바른 것
똑바로 가지고 가야 한다.

미워하지 않는 것

악을 악으로
갚지 말라는 것이나
산 것을 죽이지 말라는 것도
이 세상을
미워하지 말라는 것이다.
이 세상을
미워해서는 안 된다.

선善은 무조건 선이다.
무조건적인 선이 아니면
그것은 악이 된다.
악은 치워버려야 한다.
천만 번 손해를 입고 실패를 당해도
그리고 기어이 죽음을 당해도
미워하지 않는 것이 선이며
사랑의 극치다.

이것을 간단하고 단순하게
선善이란 글자로
표현한 것이다.

말의 권위에 있다

말이 존경을 받고
글이 존경을 받아야 한다.
말이나 글이
쓰레기통에 던져지면
자기의 정신을
쓰레기통에 던지는 것이나
마찬가지다.

인간의 권위는
말의 권위에 있다.
그렇기 때문에
말 한 번 하려면
좋은 말 높은 말을 고르고
또 골라서 해야 한다.

말도 안 된다

소위 미친 척하고
떡장수더러 떡을 달래본다는 말이 있는데
농을 하는 사람은
제 하고 싶은 말을 다 한다.
미친 척하고 다 한다.
남을 업신여겨 보기도 하고
참한 사람한테 욕질도 해 본디.
그리고 이것을 농으로 하였다고 한다.

이런 사람을 친구라고 할 수 있는가?
친구니까 농도 하고 속이기도 하고
실없는 소리를 한다는 것은 말도 안 된다.
하물며 목사니 장로니 뭐니 뭐니 하는 사람들이
실없는 소리를 하고
실없는 짓을 한다는 것은 말도 안 된다.
회개해야 한다.

자기 몸에서 나온 것을 부러 했다고
책임을 회피하거나
진짜 나의 친구니까 그렇게 해 보았다는 식의
그따위 소리는 마땅한 것이 못 된다.
"음, 내가 부러 하였다.
너 한 번 속이려고 일부러 한번 해 보았다"
그렇게 속인 것은
죄가 되지 않는다는 말인가?
실없는 소리를
정말 그렇게 함부로 할 수 있는가?

자기 자신이 잘못 하였으면
자기 죄를 뉘우칠 것이지
오만으로 자기 자신을
어긴 자리에 놓으면 오만을 기르고
잘못을 조장하는 결과밖에 안 된다.

실없는 소리만 해도 무지한 짓인데
그 위에 변명하고 책임 회피하여 악을 조장하면
이 이상 더 무지한 짓이 어디 있겠는가?

내가 이마

정신은
참에 도달하게 될 때까지는 울어야 한다.
회개하고 또 회개하고
지선지선에 도달하기까지는
계속 후회하고 울어야 한다.

정신은
언제나 물어야 한다.
계속 진리를 밝혀내기까지 물어야 한다.
정신은 언제나 책임을 지고
머리에 이어야 한다.

얼굴 윗부분을 이마라고 하는데
내 이마 하면
나의 이마란 말도 있지만
'내가 이마'
'내가 책임지마'
'내가 짐을 지마' 하는 것 같다.

참을 꽉 붙들어야

진리라는 것,
참이라는 것은
꽉 붙들어야 한다.
참을 꽉 붙들어야
산다는 것이 된다.
그래야 참의 사람이 된다.
참의 사람으로서 일해야
이 세상이 바로 된다.

눈물 맑기

눈물 맑기를 해야 한다.
눈물이 맑아지려면
눈물을 걷고,
밝은 세상을 이루어야 한다.

선을 갖추기 위한 싸움

투쟁은
무력이나 폭력으로
하면 안 된다.
모든 것이 미워서 하는
싸움이 아니고
선을 갖추기 위한 싸움이다.
악은 아무 것도 아니고
선만이 제일이라는 것을
알리기 위한 싸움이다.

세상이 바로 될 리가 없다

무조건 미워하지 말라고 하면
얼핏 남의 비위를 맞춰주는 것처럼
알아듣기 쉬운데
아첨과 선은 서로 같지 않고
또 섞여서는 안 된다.

하늘과 땅이 따로 있듯이
그리스도와 악마는
서로 섞이지 못한다.
그래서 의義다.
불의를 볼 때는 저항을 한다.
불의를 치러 나선다.
저항 그 자체는
참으로 무저항의 저항이다.

이 세상에서는 저항한다는 것이
싸움한다는 것을 말하는데
주먹이나 힘으로 사는 싸움, 권력투쟁,
연장을 가지고 하는 경기

또 무력투쟁 따위가 많은데
결국, 미움의 투쟁들이다.
무저항의 저항은 빈손으로 하는 저항이다.
폭력을 쓰지 않는 싸움이다.
그런데 이 뜻을 잘 모르는 상대방은
무서운 힘으로 연장이나 총을 가지고
잡아들이고 때려죽이려고 한다.

이렇게 되면 자연히 무기를 가지고
거기에 대항하게 된다.
즉 세상이 무서워서 선을 내세우지 못하고
악을 악으로 갚게 된다.
그러니 싸움이 그칠 날이 없게 되고
결국에는 실패와 파멸로
돌아가게 되고 말 것이다.

이 실패와 파멸이
세계 도처에서 일어나고 있으니
세상이 바로 될 리가 없다.

계산하고 따지는 것

사람이 많아지면 많아질수록
사람들이 힘을 합치면
얼마나 큰 일을 할 수 있을지 모르는 반면에
흩어지기 시작하면
얼마나 혼란이 심해질지도 모른다.
서로 도와주어야 할 터인데
혈육까지도 서로 안 보는 세상이 나타나게 되고
백주 길가에서 맞아 죽어도 아는 체하지 않는 경향이
점점 심하여 가는 것 같다.

그것은 사랑으로 뭉치지 못하고
계산으로 흩어지게 되니
사람이 각각 이해타산에 얽매이는 한
어쩔 수 없는 현상인 것 같다.
따지는 것은 물건이나 기계를 돌리는데
세밀하고 자세하게 따질 일이다.

사람 사이를 계산하고 따지는 것은
인간의 운명을 캄캄하게 한다.
사람 사이는 따지는 게 아니다.

뜻만 가지고서는 안 된다

몸짓을 잘 가져야
마음 놓임을 얻는데,
마음 놓임을 얻어야
뜻을 얻을 수 있고,
할 바를
단단히 가질 수 있다.
건강해야
진선미를 알려 하고
캐려고 한다.
뜻만 가지고서는 안 된다.

악이 성하면 선도 성해야

공산주의가 아무리 이상을 내걸어도
죽이기를 좋아하고
거짓말을 떡 먹듯이 한다면 그것은 악마의 짓이다.

장작림이 죽으면 김일성이 나오고
스탈린이 죽으면 모택동이 나오고
세상의 악은 계속 성하고 있다.
우리도 덩달아 살기殺氣가 왕성하고
거짓을 떡 먹듯 하는데 그래서는 안 된다.

우리에게서 살기를 뽑고
우리에게서 거짓을 뽑아야 한다.
악이 성하면 선도 성해야 하지 않겠는가?
무왕이라는 무武자는 창 밑에 그칠 지止자를 썼다.
전쟁을 막는다는 말이다.

본래 무력은 싸움을 못하게 하기 위해서
만든 것이 아니겠는가?
나라의 무력이 개인의 싸움을 막아 내듯이
본래 무력은 평화를 위한 수단이지
전쟁을 위한 수단이 아니다.

빛깔을 본다는 것

우리를 가만히 보면 이상하지 않는가?
우리가 본다는 것은 빛깔을 본다는 것이다.
빛깔이 없으면 본다고 하는 것이 없다.
지금 빛이 우리 앞에 보인다는 것은
물체의 껍데기 곧 표면을 보고 말하는 것이다.
보는 시작이 그러하다.

껍데기가 무엇인가 하는 것을 따져보면
선線이 모여서 된 것이다.
선은 끄트머리가 좀 길어진 것이다.
그러니 우리가 본다는 것은
끄트머리의 연장인 선을 보자는 것이다.
또 이 선을 넓혀서
아주 확실하게 있다고들 한다.

그래서 어떤 표면이든 얼굴이든
있다고 보는 것을 따져보면
빛깔의 끝, 그 끝의 연장인 선의
넓혀진 면일 따름이다.

체면(體面)을 버리고

사람은 쓰러지면
흙이다.
사람은 체면을
버리고
입체가 되어
살아야 한다.

겸손해야

산은 지구의 끄트머리
지단地端일 것이다.
산은 발톱의 끝 같은 것이다.
그것을 높다고
뽐낼 것이 없다.
땅 속에 푹 파묻어 두는 것이
겸손이다.

인류가 대단한 것 같아도
우주에 비하면
아무 것도 아니다.

그래서 인류는 겸손해야 한다.

큰 존재

땅은 하늘 속에 있으니
땅은 겸손해야 한다는 것이다.
산은 땅 속에 있고
땅은 하늘 속에 있고
다 미묘한 존재이다.
그래서 겸손해야 한다.

하늘은 나보다 한없이 큰 것이다.
우리가 하늘 아버지라고 하지만
아버지는 우리가 따질 수 없이
큰 존재이다.
하늘에 도달함이 지천至天이요
지선至善이요 지성至誠이다.
모두 겸손한 표현이다.

하늘과 땅

하늘이란 도대체 어디에 있느냐?
하늘이란 무엇을 말하느냐?
땅이란 하늘 아래서 벗어나지 못하는 것인가?

하늘과 땅은 한 우주 안에 있다.
사람이 죽으면 땅 속으로 들어간다고도 하고
하늘나라로 들어간다고도 한다.

땅 속으로 들어간다는 것과
하늘나라로 들어간다는 것은 무엇이 다른가?
그것은 다 같은 것이 아닐까?
하늘과 땅을 달리 보려는 것은
시선이 다를 때 한한다.

하늘과 땅은 '하늘 땅'이다.

그것을 나눠 부르니까

'하늘과 땅'이다.

우주 간에는 그런 구별이 없다.

그러나 같이할 때는,

하늘 땅이 같은 것 같이 같아야 하고,

달리할 때는 하늘과 땅처럼 달라야 한다.

소금은 소금으로

모든 물건은 저절로 되게 놔두고 보아야 한다.
스피드 시대에는 시류따라 빨리 가는 게 좋다지만
이 속성速成 때문에 불행한 시간이 되고 말았다.

어떤 사람은 소금이 인체에 해롭다고 하여
무염주의를 내세우는가 하면
어떤 사람은 소금은 절대로 필요하다고 한다.
그런데 소금이 꼭 필요한 사람이
무염주의자가 되었다면 이것은 비극을 가져온다.

소금은 소금 되게 절로 되게 놔둬야 한다.
사람은 사람 노릇하고
소금은 소금으로 절로 되게 해야 한다.
이것이 진리이다.

이렇게 하면
만족할만한 세상이 온다.

사랑이 있어야

마음은 무엇을 객관적으로
결정하는 것이 아니다.
마음과 몸은
다른 것으로 보아야 한다.
그래서 만날 것 만나면
마음 그대로 해야 한다.
그런데 마음이 제대로 하는 데는
사랑이 있어야 한다.

사람다운 사랑이어야

존엄한 것이 인격이다.
인격은 목적이지
수단이 될 수는 없다.

상대방을 자기 욕망의 수단으로 삼는다면
그것은 인격이 아니요 사랑이 아니다.
인간의 사랑은
사람다운 사랑이어야 한다.

상대방을 살려주고
상대방을 존경하고
상대방을 신뢰하는 삶이어야 한다.

정신 차려야 할 것

우리가 사람 노릇하는 데
정신 차려야 할 것은
오늘 할 일은
오늘 해야 한다는 점이다.

한 번 정한 일은
꼭 하여야 한다.
과課라는 것은
말씀言의 열매果로써
말의 결과를 가리킨다.

그러니 말을 열매 맺게 하여
결국에 이르게 하는 이것이
지성의 길이다.

사람은 누에

사람은 누에다.
실을 뽑고는 죽는 것이다.
밀알 하나가 땅에
떨어져 죽는 것이다.
그것을 감사할 줄 알아야 한다.

누에가 기도고
고치가 감사고
나비가 기쁨이다.

실이 기도고
천이 감사고
이 천으로 옷을 해 입는 것이
바로 기쁨이다.

계획을 세워야

미래는 관觀을 가져라.
인생관 세계관 우주관
관념을 가지고
전체적으로 세밀히
계획을 세워야 한다.

관념이 없으면
미래가 죽는다.
과거에는 겸손하고
현재에 비판적이고
미래는
계획적이어야 한다.

허공과 하나되는 비결

꽃이 아름답다고 하지만
꽃의 아름다운 윤곽을
드러내 주는 것은 허공뿐이다.

허공이 꽃을 열어 보여주는 것이
하늘의 계시가 아니겠느냐?
그런데 하늘의 계시는 잊고
미인의 말만 말이라고
화어和語를 좋아하고 허풍만 떨면
사람은 공연히 망녕되게 움직인다.

그런고로 사람은 허공을
깊이 가슴 속에 사귀고
최면은 절대 용납해서는 안 된다.
언제나 속은 곧게 밖은 바르게
이것이 허공과 하나되는 비결이다.

곧게 반듯이

사람이란
고디 곧게 반듯이
똑똑하게
살아야 한다.
따로 서서
제 갈 길을 가야 한다.

서서 나가야

우리가 종당에는
땅으로 들어가는 것이지만
정신이 붙어 있는 동안
하늘에 머리 두고
아버지를 부르면서
떳떳하게
서서 나가야 한다.
독립전진해야 한다.
그래서
강단18)이 필요하다.

---

18) 강단(剛斷): 1.군세고 꿋꿋하게 견디어 내는 힘. 예) 약한 것 같아도 강단이 있구
나. 2.어떤 일을 야무지게 결정하고 처리하는 힘.

생각이 밑천 되어

바탈은 생각이 밑천 되어
자기의 정신을
불사르는 예술의 세계이다.

몸 성해 참되고
마음 놓여 착하고
바탈 태워 아름답다.
몸 성히 마음 놓여 바탈 태움[19]이 되어야 한다.

나무에 불을 사르듯이
자기의 정신이 활활 타올라야 한다.
바탈을 태우지 못하면
정신을 잃고 실성한 사람이 된다.
자기의 소질을 살리는 것처럼
중요한 것은 없다.

---

19) 다석은 자신의 수련법과 철학의 핵심을 '몸 성히, 맘 놓여, 뜻(바탈) 태우'로 표
현하였고, 그의 말과 글은 머리와 가슴만을 적시고 나온 것이 아니라 모두 몸과
맘의 수련과 명상 과정에서 닦여져 온몸과 맘과 얼을 울리고 나온 것이며, 말대
로 꾸준한 수행과 명상을 통해 몸에서 캐낸 것이다.

얻어야 알게 된다

아는 것을 얻어야 알게 된다.
아는 것을 얻지 못 하는데
어떻게 알게 되겠는가?
그러니 공자의 말이라고
다 알아 듣겠는가?
증자[20] 정도나 알게 되는 것 아닌가?

그러기에 우리가
선善을 꽤 안다고 해도 안 된다.
따라서 이제까지 말한 것이
절대로 옳은 것도 아니다.

지나가는 길에 말하고
지나가는 길에 듣고 하는 것뿐이다.
그렇지만 이런 이치를 붙잡으면
소용되는 게 많다.

---

20) 증자(曾子): 중국 춘추시대의 유학자. 공자의 도(道)를 계승하였으며, 그의 가르
침은 공자의 손자 자사를 거쳐 맹자에게 전해져 유교사상사에서 중요한 위치를
차지한다.

하나밖에 없다

됨爲, 섬立, 앎知
이 세 가지는 하나라고 할 수 있다.
되기 위해서는 알아야 한다.
알기 때문에 서야 한다.

서니까 알게 된다.
아니까 서서 할 줄 알아야 한다.
해 보고 무엇인지 알아야 한다.
알기 위하여 쓸 줄 알아야 한다.
이것은 할 줄 알아야 자신이 생기고
자신이 생겨야 또 하게 된다는 말이다.

이상 여섯 가지는 모두 하나이다.
여섯 가지로 풀어 보아도
결국, 뜻하는 것은 하나밖에 없다.
천 가지, 만 가지의 일을 만들어 보아도
결국은 하나밖에 없게 된다.

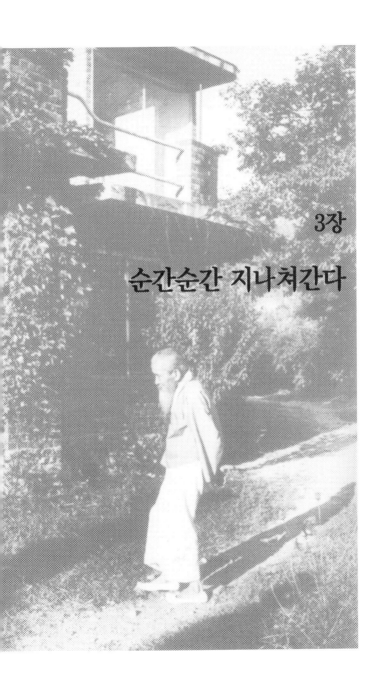

3장

순간순간 지나쳐간다

순간순간 지나쳐간다

사실 우리 몸이 머무르고 있는 것 같지만
우리 혈액은 자꾸 돌고 있으며
우리의 호흡으로 태울 것
죄다 다 태우고 있다.

그리고 우리 몸을 실은 지구 또한
굉장한 속도로 태양의 주위를 돌고 있다.
우리의 어제와 오늘은
우주 공간에서 보면 엄청난 차이를 나타낸다.

우리는 순간순간 지나쳐간다.
도대체 머무르는 곳이 어디에 있는가?
영원한 미래와 영원한 과거 사이에서
이제 여기라는 것이 접촉하고 있을 뿐이다.

과거와 미래의 접촉점을
이제 여기에 라고 한 것이다.
지나가는 그 한 점
그것이 이제 여기인 것이다.

그 한 점이 영원이라는
미래를 향해 가고 있다.

별 것이 아니다

누가 감히 자기의 과거를 자랑할 수 있으랴
어거스틴만 참회록을 쓰고
루소만 참회록을 쓸 것이 아니다.
누구나 자기의 과거를 쓰면
다 후회요 참회일 것이다.

지나간다는 과過자가
본래 허물 과過이다.
지나간 것은 일체 허물에 불과하다.
뱀이 허물을 벗어버리듯 벗어버릴 것이지
영원히 보존할 것이 못 된다.

그것이 비록 사람의 가슴속에
사람의 육비肉碑에 새겨 놓았다고 해도
사람의 몸뚱이라는 것이
또 벗어버릴 허물이요 옷이지
별것이 아니다.

인간의 주인

돌비21)가 갈리고 쇠비가 닳아 없어지듯
인간의 몸뚱이도 닳아 없어질 것이다.
그것은 닳아 없어져야 하고
벗어버릴 허물이지
그것이 인간의 본체가 아니다.

육체의 옷을 또 입히지만
그것은 육체가 옷이라는 것을
나타내는 것 외에 아무 것도 아니다.
옷은 종당 벗을 것이요,

속옷 겉옷 아무리 겹겹이 입었더라도
벗어버릴 것밖에 아무 것도 안 된다.

결국, 인간의 주인은
얼이요 영혼이다.
영원불멸하는 것은 영혼뿐이다.

---

21) 돌비:돌 비석, 쇠비:쇠로 만든 비석.

언제나 시작이 있을 뿐

시작했다 끝이 나는 것은 육의 세계다
그러나 끝을 맺고 시작하는 것은 영의 세계다.
낳다 죽는 것이 육이요
죽었다 사는 것이 영이다.
영은 죽어서 사는 삶이다.

형이하에 죽고 형이상에 사는 것이다.
육에 죽고 영에 사는 것이 삶이다.
단단히 인생의 결산을 하고
다시 새 삶을
시작하는 것이 영이다.

영에는 끝이 없다.
언제나 시작이 있을 뿐이다.

숨은 길로 들어서는 것

보이는 것은
빛이 아니다.
햇빛, 달빛, 별빛
다 본들 뭐가 시원한가?

우리는 우주의 영원한
소식을 받아들이고
숨은 길로 들어서는 것이
정말 우리가
위로 올라가는 길이다.

속임 없는 심정

말씀은 주머니에 든 송곳 끝을
아무리 싸고 싸도
아무리 감추고 감추어도
계속 나오는 것처럼

가온찌기에 이어 이어 나오는 말씀은
영원무궁 처음 첫 긋22)도 모르고
마지막 맞 긋도 모르는 것이
오늘 이 긋의 속임 없는 심정이다.

영원을 모르는 줄 아는 이가
바로 나다.

22) 긋: '획'의 옛말.

때의 주인

사람은 때의 주인이다.
때를 알아야 한다.

같은 때를 달리 보거나,
다른 때를 같이 보아서는 안 된다.

나를 찾고 나라를 찾아야

석가는 천상천하유아독존이라고 했다.
이 말은 온 천하에서
저만 제일이라는 말이 아니다.

다시없는 제 긋을 찾아서
나가라는 뜻이다.

다만 나의 제 긋
나의 가온찌기를 찾아야 하고
나의 입장을 찾아야
내가 설 수 있는 것이다.

영원히 통할 수 있는 나
이제
나라는 점을, 나라는 긋을
그리고
국가라는 점을, 국가라는 긋을
잡아야 한다.

나를 찾고 나라를 찾아야 한다.
그래야 나와 나라가 유아독존이 된다.

몸은 눈을 가져야 한다

눈으로 시원하게 살필 것을
살피면서 나가야 한다.
눈은 바다와 같이 시원하게
살필 것을 살피고
감출 것을 감추고
밝힐 것을 밝히고 나가야 한다.

언제나 영혼의 눈으로
똑똑히 보며 나가는 것이
문화요 문명이다.

몸은 밟을 것을 밟고
밝힐 것을 밝히며
불이 나게 나가야 한다.

몸은 눈을 가져야 한다.
이 세상을 꿰뚫고 나가는
눈을 가져야 한다.

마음은 이마를 가져야 한다.
잘못에 대한 책임을 질 수 있는
이마를 가져야 한다.

책임을 질 수 있는 사람만이
떳떳한 사람이다.

우리의 사명은
마음으로 우는 것이다.
변치 않는 진리
올바른 정의를 이룩하기까지
울고 묻고 이고 가야 한다.

이마는 책임진다는 말

어머니의 사랑은 눈을 가지고
아버지의 지혜는 이마를 가지고 있다.
이마는 책임지고 눈은 덮어준다.
책임지는 이마와 덮어주는 눈이 있는데
무슨 걱정인가?

하늘을 쳐다보라
책임지는 이마가 있고
땅을 굽어보라
덮은 눈이 있지 않은가?

하늘을 뚫고 치솟은 산의 이마를 보라.
땅을 싣고 있는
시원한 바다의 눈동자를 보라.
이마의 산과
바다의 눈을 가진 하늘 땅은
오늘도 영원하고 무한하다.

하늘로 원정가는 것

사람은 자기가 살았을 때
그 사업이 완성됐다는 말을 듣고 싶어 한다.
생전에 했다고 해야 좋아한다.
그러자니 급할 수밖에 없다.
급해서 그렇다.

빨리 잘했다는 소리를 듣고 싶어서 그렇다.
속히 하려고 하는 것은 이루어지지 않는다.

그렇다면 실상은 도대체 무엇인가?
실상은 영원한 천도天道이다.
그리로 가는 것이 우리의 일.
여기에 붙들어 매는 것이 우리의 일이기에
그곳에까지 가야 하는 그것이
바로 우리의 실상이다.

하늘로 원정 가는 것이다.
하늘로 영원히 간다.

완결을 보지 못한 것들

인류가 남긴 모든 사상은
이 영원한 사상에
도달하려는 과정에서 남긴 것들이다.

따라서 무슨 사상, 무슨 신조라는 것은
다 완결을 보지 못한 것들이다.
사상이나 철학의 대표라는 것은 있을 수 없다.

철학이나 사상이란
다만 자기가 해본 것을
발표한 것에 지나지 않는다.
따라서 어떤 사상, 어떤 종교를 내세워
이것을 따르지 않으면 죽는다고 하여
완전고(完全稿 23)처럼 떠들지만
그것은 완전한 것이 아니다.

---

23) 무슨 사상, 무슨 신조라하는 것은 다 완결을 보지 못한 것들이다. 어떤 뜻에서
는 어떤 사상이든 모두가 영원한 미정고라고 할 수 있다. 철학이나 사상에 대표
라는 것은 없다. 철학이나 사상이란 다만, 자기가 사색하고 생활해본 정도를 발
표한 소견(所見)에 지나지 않는 것이다. 따라서 어떤 사상 어떤 종교를 내세워
이것을 따르지 않으면 죽는다고 하면서 완전고(完全稿)처럼 떠들지만 실은 그런
것은 있을 수 없다. 그런데도 자기들의 사상이나 신조가 완전고라 떠들고 내려
온 것이 인류역사다. (1957. 다석어록)

신념이 있어야 한다

인간의 몸은
비록 30대까지 자랄지라도
마음은 80, 90까지 자라기 때문에
반드시 관념이 있어야 한다.

그러나
영구한 사상을 갖기 위해서는
관념보다 강한 신념이 있어야 한다.
정의나 진리를 이룩하겠다는
강한 신념이
우리의 생활에 있어야 한다.

초연히 맞이해야 한다

우리는 매일 아침과 저녁을 맞이하지만
정작 아침은 어머니 뱃속에서 나온 때요,
정작 저녁은 죽는 때이다.

우리가 조심조심 저녁을 맞으러 갈 때
여전히 사람답게 초연히 맞이해야 한다.
그러면 왜 죽어? 따위는 말하지 않게 된다.

인생은 무상하다.
이 세상에 영원한 것은 없다.
이것을 알면 사람답게 지나갈 수 있다.
우리는 밤낮없이 가는 것을 알면
우리는 저녁에 잠자리에 들어가듯이
한 번 웃고 죽는 길에
들어설 수 있는 것이다.

내가 되는 것

자기가 넘치게 될 때
남도 넘치게 한다는 것이다.
식물로 말하면 꽃피는 것이다.

꽃은 하늘의 태양이요,
태양은 풀의 꽃이다.
꽃이 꽃을 보고
태양이 태양을 보는 것이
내가 내가 되는 것이요,
아버지의 영광을
드러내는 것이다.

새로운 별이

새로운 별이 나타날 때는
하늘이 무슨 새로운 소식이라도
전해주는 느낌을 받는다.
이 사람만 그런지 몰라도
그 별을 유심히 보게 된다.

영원으로부터
무슨 소식이 오는 것 같다.
천문학에서는 꼬리별이나 혜성이
일정 기간을 기한을 두고
주기적으로 나타난다고 한다.

우주의 모든 별은
주기적이지 않은 것이 없다.
그러나 별 중에서도 망원경 없이
육안으로 볼 수 있는 별,

특히 꼬리별은
우리에게 하늘의 소식을
전해주는 것 같다.

인생은 밥을 먹고

인생은 밥을 먹고
또다시 물질적인
밥이 되는 것이 아니다.

인생은 밥을 먹고
육체를 기르고
이 육체 속에는
다시 성령의 말씀이 영글어
정신적인 밥, 말씀을
내놓을 수 있는
존재가 되는 것이다.

진짜 주인을 만난 것 같다고 착각

우주의 임자를 땅에서 찾느냐
하늘에서 찾느냐에 따라
그가 가는 선악의 길이 달라집니다.
자기를 만족시킬 수 있는 것은
자기 속에 있는 영혼에 있다는 것을 알아야 합니다.

그러나 우리네 보통 사람은 영혼이 없다고 합니다.
남의 속을 마음대로 들여다본다 해도 별 수 없습니다.
주인을 만나러 갔는데 주인을 대신하는 이로부터
대접을 잘 받아 맛있는 것을 얻어먹고
물을 얻어 마시면
진짜 주인을 만난 것 같다고 착각합니다.
오히려 원주인을 만났는데 대접을 잘 못 받으면
진짜 주인인지 의심하게 됩니다.

우리 스스로 주인인 나를
이렇게 알고 있지 않습니까?
우리가 이렇게 알고 있으니 나라는 게 있는지 없는지,
몸뚱이가 주인인지 부속품인지,
정신이 따로 있는지 없는지 제대로 알기가 어렵습니다.

자기의 욕심에서 벗어나는 것

정치의 억압에서 벗어나는 것이
민주주의라면
죄의 억압에서 벗어나는 것이
자유주의일 것이다.
자기의 욕심에서 벗어나는 것이
진정한 자유이다.
우리를 욕심에서 벗어나게 하는 것이
성령이다.
성령은 진리의 영이다.

여기에 희망이 있다

유교에서는
기도를 수신修身이라고 한다.
입으로 기도하는 것이 아니라
몸으로 기도한다.

그러면 종당 멀지 않아서
하늘에 도달한다는 것이다.
여기에 희망이 있다.

기도하는 것은
천국의 백성이 되게끔
자기를 길러가는 것이다.
이것이 수신이다.

좋은 줄만 알고 있다가

이 세상 밝은 날에
오래 사는 것이
좋은 줄만 알고 있다가,
진짜 별의 소식을 알고 보면
그건 아무 것도 아니라는 생각이 든다.
정말 별 따라 영원한 곳으로
가 보았으면 좋겠다는 생각이다.

앉는 일에 골몰하는

인도에서는
앉은 부처의 모습처럼
앉는 것을
귀하게 여깁니다.
참선이 그것입니다.

앉아서 아주 완전에 들어가려는 자세가
참선입니다.
석가도 깨달음 없이는
그냥 일어나지 않겠다고 작정하고
온갖 마귀와 싸워 이겼습니다.
그 결과 아주 굳은 깨달음을
얻었다고 합니다.

인도에서는

이 사상이 아직 남아서 죽을 때

앉아서 죽는 일을 숭상합니다.

죽은 사람을 그냥 앉혀서

장사 지내는 풍습도 있습니다.

그래서 앉는 일에 골몰하는 사람은

깬 사람입니다.

항상 자기 자세를 고쳐 앉아

위로 올라가려는 마음에

어디서나 골몰하는 사람은

장차 성불할 사람입니다.

자꾸 깨어나아가겠다고 하는 일이

부처의 일입니다.

이 일은 다 같습니다.

성경에서도 깨어있어야 한다고 말합니다.

어딘가에 매달려가야만

천직에 매달린 모범을 통해
우리를 위한 대속을 보여주었습니다.
죽기로 천직을 다한 것을 보여주었습니다.

어떻게 보면 이 세상에서
어떤 사람이건 어딘가에
매달려가야만 하는 것 같습니다.

자기의 천직에 임무를 다하는 것이
십자가에 매달린 예수와 같은
예수가 되는 길임을 알 수 있습니다.

참 마음으로 천직을 다 하는 이가
그리스도입니다.

하늘을 쳐다보는 인간의 정신

지상에 있는 미美는
없는 것이나 다름없다고 느낄 때
자주 하늘을 우러러보게 됩니다.
하늘을 쳐다보는 인간의 정신은
의식적이건 무의식적이건
땅으로 기어들어 가는 정신보다 더 강합니다.

또 우리가 머리를
하늘에 두고 있다는 것은
우리 인생이 하늘과
불가분의 관계에 있음을 말해 줍니다.

우리의 정신이 비록 작지만
밤에 별자리를 찾아보면
더 한층 더 큰 우주를
낮보다 확실히 더 뚜렷하게
느낄 수 있습니다.

하늘을 쳐다보지 않고 살면

하늘을 쳐다보지 않고 살면
이 세상에서는 온전할 수가 없습니다.
하늘에 머리를 두고 사는 우리들입니다만
언뜻 보아서는 상관없는 것 같은 하늘입니다.

그러나 어쩐지 영원한 것,
무한한 것을 느끼고
이것을 우러러 보는
우리 인생의 심리는 참 이상합니다.

그래서 원 뜻을 살피면
우리 인생의 뜻은
한정된 곳에 있는 것이 아니라
한정 없는 곳에 있는 것을 느낍니다.
그런 정신이 있습니다.

이 몸뚱이 밖의 것이
한량없는 것이라는 것에 의의를 느끼는 사람은
특별히 바로 된 정신을 가진 사람입니다.

나에게서 떠날 수 있을까?

나의 나를 찾은 다음에는
그 나에게서 떠날 수 있을까?
그렇게 되면 영원을 붙잡는 것이 되고
소위 구원을 얻는 것이 된다.
이것이 나의 기도이다.

이것을 참고로 해서
신앙의 길을 걸어보라
그러면 느끼는 것이 있을 것이다.
자기의 속알을 찾고
나를 찾으면 사랑이 나오고
어짐이 나오지 않을 수가 없다.

한 줄기가 이어 다다른

맨 처음부터 한 오랜 기간
시간이라는 것을 타고 이어내려 왔는데
그 가운데서도 역사 위에
군데군데 토막이 나게 되었다.

처음부터 이어 나오기를 온전히 했더라면
지금쯤은 이상국가가 되었을 텐데
그렇지 못하고 토막 난 시대가 되고 말았다.

부처가 나타난다든지
예수가 재림 한다든지 하지만
그런 분이 나타났다고 해서
사람들이 잘 살았다는 것은 아니다.

한 줄기 이어 내려오는 것을
올바르게 이어온 시대가 좋은 시대이고
그 시대를 올바르게 지도한 이가
부처가 되고 예수가 되었던 것이다.

한 줄기가 이어 다다른 여기가 '예'다.
'예'는 아들이 아버지가 되어가는 글자이다.
영원에서 상대적으로 벌어져서
몸부림치는 여기가 '예'다.

바로 여기에서
이보다 더 나을 수가 없을까? 하고
능력을 찾는다.

이것이 '수'다.
수에다가 ㅁ을 더하면 '예수ㅁ'
곧 예에서 숨을 찾는 것이 된다.
숨을 쉬게 되니까 무슨 수가 생길 것 같다.

'예-숨' 강하게 발음하면
가장 힘 있고 참답게 사는 것을
느끼게 된다.

하늘이란 말 한마디에도

우리에게는 여러 말이
따로 있는 것이 아니다.
하늘이란 말 한마디에도
여러 가지 뜻이 다 들어있는 것이다.

하나의 생각, 허공의 생각
이것 하나뿐이다.
만물을 창조한 것이 로고스라면
이것은 생각을 가리킨 말이다.
로고스가 말이라면
그것은 생각하지 않고서는 나올 수가 없다.

이 생각이라는 것은
기독교에서는 사랑,
유교에서는 길,
불교에서는 법이 되는 것이다.

다 하나를 구한다

우리는 모든 것이 하나로 시작해서
결국에는 하나로 돌아간다는 생각을
어쩔 수 없이 하게 된다.
또 그렇게 되어야 하겠다는
강박한 요구가 우리에게 있다.

이런 강박관념은
신경증에 걸린 사람보다도
건전한 사람에게 앞선다.
종교가나 사상가가
믿는다는 것이나 말한다는 것은
다 하나를 구한다는 것이다.

신선이나 부처나
도를 얻어 안다는 것은
다 이 하나다.
사람이란 게 이처럼
하나를 구해마지 않게끔
생겨 먹은 존재다.

되는 것이 십자가다

꽃이 지고 열매가 열리는 것이
십자가와 부활의 뜻일 것이다.
예수는 죽음을
꽃이 떨어지는 것으로 생각했다.
꽃이 피는 것이 진리요,
꽃이 떨어지는 것이 십자가다.

십자가는 진리다.
십자가를 믿는 것은
진리를 믿는 것이다.
죽음이 삶의 삼키운 바
되는 것이 십자가다.
십자가는 죽는 것이 아니다.
죽음이 삶에게
삼키운 바가 되는 것이다.

신을 팔아먹는

제사장들이 예수를 죽이고
예수가 살려 놓으신 나사로까지
죽이려고 작정했다고 한다.

신의 종들이 이렇게까지
악하게 되는 이유가 어디 있을까?
자기를 죽이지 못하고
남만 죽이려는 놈들이 제사장[24]이라니
기가 막히다.

그런 놈들은 신을 두려워하고
신을 섬기는 것이 아니다.
신을 팔아먹는 악독한 놈들이다.

세상은 이런 놈들 때문에
더 못된 세상이 된다.

---

24) 성경에 나오는 예수를 십자가에 매달아 죽인 제사장들을 가리켜 다석은 신을 팔
아먹는 악독한 놈들이라고 한다. 제사장들은 예수로 인해 자기네들 세상이 무너
지니까 로마제국의 손을 빌어 십자가에 매달게 된다.

죽음의 연습

예수의 혈육도 다른 사람과
똑같은 혈육이다.
마음은 목마르지 않으나
몸은 목마르다.

목마르고 아프지만
이 육체가 어떤 의미를
드러내는 상징이라면
입성도 하고 십자가도 지고
천명을 따라야 할 것이다.

곡식을 위하여 비료가 있듯이
어떤 의미를 위하여 육체가 있다면
육체가 나타낼 상징은
빠뜨리지 말고 드러내야 할 것이다.

종교의 핵심은 죽음이다.
죽음 연습이 철학이요
죽음의 연습은

생명을 기르기 위해서이다.
단식이 죽음의 연습이다.
사는 것이 사는 것이 아니고
죽는 것이 죽는 것이 아니다.
산다는 것은 육체를 먹고
정신이 산다는 것이다.

밥을 먹듯이
육체를 먹는 것이 단식이다.
단식에는 금식과 일식[25]이 있다.
유대 사람은 금식을 하고
인도 사람은 일식을 했다.
모두 죽는 연습이다.

죽는 연습은
또 생명의 연습이다.

---

25) 단식(斷食): 특정 목적으로 일정 기간 음식섭취를 자발적으로 끊는 행위. 최저
생명 유지 위해 물을 마시기도 함. | 금식(禁食): 종교적 계율이나 서원한 것을
지키기 위해서, 혹은 개인적인 결심이나 의지를 드러내기 위해서 일정 기간 음
식물을 먹지 않는 일. | 일식(一食): 하루 한 끼 식사. 불교 이전의 힌두교전통으
로 바가바드기타의 핵심, 그림자가 없는 정오는 깨달음의 합일순간으로 여겨 정
오에 식사를 함. 간디도 일식을 함. 다석은 저녁 한 끼 먹음. 그 이유는 하루를
춘하추동으로 보고 추수시기인 저녁에 한 끼를 먹음. 생명순환, 자연순환의 이
치를 삶으로 살아냄. 저녁을 사랑한 유영모는 많을 다(多), 저녁 석(夕)으로 하여
자신의 호를 다석이라 함.

피리는 속이 비어야

아버지의 뜻을 실은 것이 말씀이다.
인생은 피리와 같다.
가락이 뜻이다.
피리는 속이 비어야 한다.

마음이 가난한 자는 복이 있나니
천국이 저희의 것이다.
피리를 부는 이는 신이다.
아름다운 가락이 무한히 흘러나온다.
그것이 말씀이다.

노래가 흘러나오고
물이 흘러나오고
인생은 비어야 한다.
허공이 피리의 본질이다.
깨끗이 피리의 생명이다.

평생 떠들고

우리는 편한 세상을 보자고
평생 떠들고 있다.
이 사람뿐 아니라 죄다 그렇다.
인간들은 인생의 평안함을
수 세기 동안 말해오고 있다.

마치 기독교인들이
예수의 재림을 기다리듯이
인생은 오랫동안 생명의 평화를
말하면서 기다려왔다.

이것을 생각하면
불행한 인생같이 느껴진다.

철이 들고

집에서 밥 먹지 않고
나가서 먹는다는데
집 떠나 고생하고 애쓰고 생각하는데서
인간은 철이 들고
사람이 된다고 한다.

상놈의 교가 좋다

옛날 예수교를
상놈의 교라고 하였다.
유교가 양반의 교라고 한 데 대해서 하는 말이다.
교는 상놈의 교가 좋다.
어디까지나 봉사하는 종교라야지
종교가 양반이 되면
자기도 모르게
남을 짓밟는 종교가 되지 않겠는가?

자본주의나 유물 사상이
모두 양반 종교 아니겠는가?
자기가 일하지 않고
남을 시켜먹겠다는 사상은
다 김일성이지 별것인가?

세상에 예수처럼 내가 십자가를
지겠다고 하는 놈은 하나도 없고
남에게 십자가를 지우겠다는 놈만 가득 찼으니
우리가 다 김일성이지 무엇인가?

나를 가게 하는 그 무엇

주主란 얼핏 보아 머무르는 주住 26)와
같은 면이 없는 것 아니지만
주主란 묵는다住는 것과는 달리
내가 간다고 할 때 나를 가게 하는 그 무엇이다.

우리는 하나의 길 곧 나의 길을 간다.
그 하나 그대로 영원한 하나다.
우리는 영원한 하나로 돌아간다고 느껴진다.
우리에게 주主가 있어서 그런 것 같다.

이 세상에는 절대자가
따로 있는 것이 아니고
주인되는 내가 있어서
그 하나를 찾는 것이다.
주가 그대로 우리 속에 있다.

---

26) 주인 주(主), 머무를 주(住).

이 주가 제 주장을 하고 나가는 것이다.
과거 현재 미래 속을 가는 것이
주ㅑ 곧 나이다.

예수도 찾고 부처도 찾고 하는 주가 곧 나이다.
우리가 예수나 부처를 찾는 것은
주일ㅕ하자는 것이다.

주일은 지금 당장에는 안 될지 모르나
결국에는 그 자리에 갈 것이다.

몸뚱이로 사는 것은
거주사상이고
주일ㅕ하는 것은
참 사는 것이다.

이것이 끝이다

무한이라는 것과 영원이라는 것에
끝이 찍힌다.
영원한 ㄱ과 무한한 ㄴ 가운데
한 점이 찍힌다.
나는 가온찌기라고 하는데
이것이 끝이다.
가온찌기27)가 끝이다.
영원한 하늘과 무한한 땅과
신비한 생명이 하나가 된 것이 끝이다.

---

27) 하나님께 위로 솟아오르려면 먼저 마음에 한 점을 찍어야 한다. 마음이 경계에
부딪치면 앞으로 나아갈 길은 마음에 한 점을 찍고 위로 곧게 올라가는 길 밖에
없다. 내 속에 영원 전부터 내려오는 생명줄이 있고 이 줄의 끄트머리가 '나'인
데, 나는 우리의 숨줄, 영원한 생명줄을 붙잡아야 한다. 이 숨줄 끝을 붙잡는 게
가온찌기라고 다석은 설명한다.

늘 그대로 있는 것 같지만

세상이 있다는 것은
줄곧 가는 것을 뜻하는 것이지
정지를 뜻하는 것이 아니다.
모든 일도 다 그렇다.
자꾸 지나가고 있다.

우리가 시간 공간 하지만
그게 따로 있는 것이냐?
한 세상 안의 시공간이지 모든 것은 변한다.
자신도 변한다.
그런데 자신이 변하는 것을 모르고 있다.
변화를 무시하려고 한다.

그래서 불교에서는 밀이(密移 28)라는 말을 쓴다.
은밀하게 움직여진다,
옮겨진다는 뜻이다.
자신이 늘 그대로 있는 것 같지만
자기도 모르는 사이 달라져 있는 것을 발견한다.
정말 밀이(密移)이다.

---

28) 밀이(密移): [명사] 남몰래 옮김.

다 같이 타기를

이승의 배를 버리고
다른 배를 갈아탈 때에는
나 혼자만 탈 것이 아니라
다 같이 타기를 바란다.

이렇게 '조히 살겠다'는 것이
하늘의 큰 뜻이다.
절대자의 큰 정신이다.
그래서 우리는 절대자를 섬긴다.

'조히 한 얼 줄'
한 가지로 생각할 수 있다.

새롭지 않은 것을 버리지 않으면

자꾸 새로워져야 한다.
자꾸 친해야 한다고 해도 좋다.
새롭게 사는 것은
하늘과 친하는 것이다.

죽을 때도
하늘과 친하면 참으로 좋다.
새롭지 않은 것을
버리지 않으면 친할 수가 없다.

찾아 나가야 한다

사제지간에는 온고지신[29]이 있다.
묵은 것을 생각하면서
언제나 새로운 길을
찾아 나가야 한다.
여기에서 인도仁道가 서게 된다.

마음이란 무엇이냐?
여기에서는 나를 말한다.
산다는 것은 무엇이냐?
자꾸 새롭게 나간다는 것을 말한다.

---

29) 온고지신(溫故知新): 옛것을 익히고 그것을 미루어서 새것을 앎. ≪논어≫의 〈위
정편(爲政篇)〉에 나오는 공자의 말이다.

바뀌어 가는 것이 자연

봄이 여름으로 바뀌고
여름이 가을로 바뀌고
가을이 겨울로 바뀌는 것
이런 것이 자연이다.

하늘 땅 펼친 자리에
계속 바뀌어 가는 것이
자연이요 인생이다.

이러한 발전과 변화의 대법칙을 따라
세상에 나타나
하나의 현실이 된 것이 나요

내가 해야 할 사명을 받아
나의 할 일을 하는 것이 나다.

내일에 있는 게 아니다

인제 인제
내일을 찾으면 안 된다.

언제나 오늘 오늘
오늘 하루를 사는 것이다.

일생도 오늘에 있지
내일에 있는 것이 아니다.

깨끗은 오늘에 있지
내일에 있는 게 아니다.
깨끗은 어제 있는 것도 아니다.

신발은 일생을 신는다

인생은 신발과 같다.
이 신발은 일생을 신는다.
그렇기 때문에
발에 맞도록
아름답게 지어야 한다.

눈물로 씻고
성신30)으로 솔질하여
후회 없는 인생을
힘차게 살아가야 한다.

언제나 길을 골라
조심조심 걸어가야 한다.
길을 가지 않으면
남하고 같이 갈 수가 없다.

---

30) 성신(聖身): 거룩한 몸.

고운 사람이라면?

고운 사람이라면

소리 고운 사람

빛 고운 사람

몸매 고운 사람

옷매 고운 사람

솜씨 고운 사람

말씨 고운 사람

맘씨 고운 사람

하는 노릇 고운 사람

짓 고운 사람

붙임성[31] 고운 사람

이승에서나 때때로 보일듯!

그러나

모든 게 옹글게 갖춘

언제나 늘 고운 사람은 없다.

---

31) 붙임성: 남과 잘 사귀는 성질이나 수단. 예) 붙임성이 없다/붙임성이 좋다/그녀
는 언제나 밝은 표정과 붙임성 있는 말솜씨로 사람들을 편안하게 만들었다.

한잠 자고 깨야

8시간 잘 잔 후에 깨면
머리가 산뜻해진다.
그런데 그렇게 몇 해를 자는지 모른다.

우리들이 이 세상에 나서
모르고 있을 동안은
잠자고 있는 것이나 다름없다.

모르고 있는 것은 자고 있는 것이다.
한잠 자고 깨야 한다.

아무 때 죽어도 좋다

길을 가기 위해서는
말씀을 따라야 한다.
신발이 낡아지면
마음 놓고 버려야 한다.

낡아진다는 말은
자아발견이란 뜻인데
인생의 의미란 말이다.
인생의 의미를 알았으면
아무 때 죽어도 좋다.

세상에 무서워할 건 없다

정말 무서워해야 할 것은
무서워해야 한다.
무서워해야 할 것을
무서워하지 않고
무서워하지 않아도 될 것을
무서워하기 때문에
세상에 될 것도 되지 않는다.

이것을 잘 모르니까 무서운 것이 없다.
어쨌든 우리가 무서워할 것은 없다.
내 몸뚱이야 잡아다가 죽인다 해도
내 영혼이야 어떻게 하겠는가?

그러니 세상에 무서워할 건 없다.
해를 당한다 해도
내 모가지 밖에 더 날아가겠는가!

4장

목숨은 기쁨이다

목숨은 기쁨이다

목숨은 기쁨이다.
사는 것은 기쁜 것이다.
생각하는 것은 기쁜 것이다.
생각하는 것이 올라가는 것이다.

생각이 기도다.
기도는 하늘에 올라가는 것이다.
정말 신의 뜻을 따라 올라간다는 것이
그렇게 기쁘고 즐거울 수가 없다.

인생은 허무한 것이 아니다.
생각은 진실한 것이다.
삶이 덧없어도 목숨만큼이라고 생각한다.
인생이 허무한 것 같아도
숨 쉬듯 한 발자국씩 올라가면
하늘에까지 도달할 수 있다.

인생은 무상이 아니다. 생명은 비상이다.
비상은 보통이 아니라는 것이다.
독특하다는 것이다.
사명을 깨닫고 사는 삶은 독특한 것이다.

이 사람은 최후에 심판할 것을 믿는다

하느님이 어디 계신지
알고 믿느냐고 하면
나는 모른다고 말한다.

경우에 따라
안다는 사람도 있을 것이고
모른다는 사람도 있을 것이다.

다만, 사람은
머리를 하늘로 두고 산다는
사실을 알기 때문에
크나큰 하늘에 계신
거룩한 분을 믿고
이 분을 나는 하느님이라고 한다.

이 사람은 하느님을 믿고
하느님이 최후에 심판할 것을 믿는다.

참 삶을 사는 사람

참 삶을 사는 사람은
죽이겠다고 해서 흔들릴 것도 없고
살려준다고 해서 좋아할 것도 없다.

그저 죽어야 할 때 죽고
살게 되면서 사는 것이다.

우리는 부모가 주는 것에 감사해한다.
하느님이 주시는 것에도 감사해한다.
하느님의 사랑에도 그렇게 대한다.

말씀 줄

'한 얼 줄'의 '줄'은
흔히 말하는 경經이다.
성경의 경經도 '줄 경'이다.
성경도 줄이다.

인도 말에 '수트라' 역시
성경이란 뜻으로 줄을 가리킨다.
우리에겐 정신의 줄인 얼줄이 늘어져 있다.

우주에서는 하느님의 말씀 줄을
백년 천년이 가더라도 내버릴 수 없다.
조히 한 얼줄의 말줄로 살아가야 한다.

어린아이야말로

세상에는 자기 자식이 인격자인지 아닌지도 모르고
자기 자식을 장난감으로
취급하는 어른들도 있습니다.
젖 먹일 때부터 거짓말을 가르쳐 줍니다.

어린이에게 할 짓 못 할 짓 다 해 가며
버릇을 그르칩니다. 그래서 되겠습니까?
어린아이야말로 참다운 인격자이지
노리개가 아닙니다.
어린이에게는 진리가 깃들고
그들에게서 이 다음에 무엇이 나올지 모릅니다.

하느님에게 가장 가까운 사람이,
하느님의 거룩한 종이
그들에게서 나올지 누가 알겠습니까?

그러한 어린이를
어떻게 노리개로 합니까?
우리는 회개하지 않으면 망해요.
망합니다.

하느님을 자꾸 말하면

하느님을
자꾸 말하면
실없는 소리가 됩니다.

실없는 말과 짓을
깨드려 주는
종교가 있으면
그것이
참 종교가 될 것입니다.

생각이 곧 신인가?

사람이 생각한다는 것은
신이 있어서 이루어진다.
신과의 연락에서
신이 건네주는 것이 생각이다.
신이 건네주지 않으면
참 생각을 얻을 수 없다.

참 생각은 신과의 연락에서 생겨난다.
생각이 있는 곳에 곧 신이 있다.
생각할 줄 아니까 내가 있다.

이것은 철학에서 말하면
하느님이 내게 임하시는지
내가 하느님께로 가는지 분간할 수 없다.

생각하는 곳에 신이 있다.
그러면 생각이 곧 신인가?
나로서는 모른다.

하느님의 아들

옛날 천자가 상제[32]에게
제사 드릴 때에는
교사郊社 [33]에 가서 제를 지냈다.

우리나라의 사직공원 같은 것이다.
그것은 제왕만이 드릴 수 있다.
천자는 하늘의 아들이라고 생각했기 때문이다.

지금은 누구나 자유롭게 다 기도할 수 있다.
이것은 모든 사람이
다 하느님의 아들이라고 생각했기 때문이다.

하느님의 아들은 자유를 누릴 수 있다.
하느님의 아들 아니면 자유가 없다.
동양의 군주 시대에 자유는
오직 제왕만이 가지고 있었다.
제왕만이 하늘의 아들이기 때문이다.

---

32) 상제[上帝] (다음 사전): 세상을 창조하고 이를 주재한다고 믿어지는 초자연적인
    절대자.
33) 교사(郊祀): 고려와 조선시대에 임금이 절기에 맞춰 천지신이나 자연신에게 제
    사 지냈던 서울 성밖의 들판.

물物이 된다

신이 드러나는 것은
사람 때문이고
사람이 이루어지는 것은
신 때문이다.

결국, 신을 만나는 길은
물物 34)이 되는 길밖에 없다.
물이 되는 것이 성誠이다.
말씀을 이룬다는 말이나
물이 된다는 말이나
다 같은 말이다.

말씀을 이루는 사람만이
물이 된다.
이상을 실현한 사람만이
위대한 인물이다.

---

34) 물(物): [명사] 〈철학〉 인간의 감각으로 느낄 수 있는 실재적 사물. 또는 느낄 수
없어도 그 존재를 사유할 수 있는 일체의 것. (네이버 사전)

나를 잡아 바치는 심정으로

지금은 말로 기도하지만
옛날에는 큰 소를 잡고 제사를 지냈다.
피를 뿌리고 벌벌 떨면서 제사를 지냈다.
형식적인 것이 아니다.
나 자신을 잡아 바치는 심정으로
제사를 지낸 것이다.
그렇게 제사를 지내면
하느님께서 가만히 있나?
그렇지 않다.
하느님께서는 또 계시를 내리신다.
상제의 계시를 받아 나라를 다스리면
나라를 다스리기가 얼마나 쉬워지나!
손바닥을 뒤집는 것 같다.
제사를 지낸다는 것은
정성을 다하는 것이다.
조상에게 제사를 지내는 것은 경敬이다.

모두 정성을 쏟는 것이다.

요새 말로 하면 정신 통일이다.

마치 햇빛을 렌즈로 모으면 불이 붙듯이

우리의 정성을 쏟아 정신을 통일하면

계시를 받고 눈이 열린다.

모두가 돌아온 길

우리가 역사를 따져보면
왕이라는 것이 있어서
세상 사람들을 깔고 앉아
충성을 바라고 있었는데
지금 생각하여 보면
참으로 우스운 일입니다.
사람이 사람 위에 서 있는 것이
우스운 일이 아니겠는가?

그 후 민주주의가 발달되었고
지금은 밝아진 세상이다.
사람 위에 사람 없어지길 바란다.

그러한 '웃'이 없어진 이 세상에
민주주의가 시행되는 이 땅에
우스운 사람이 아직 있는 것을 보면
무어라 말할 수 없다.

지상에서 제일 높은 분은
하느님 한 분 밖에 안 계시다.
하느님은 이 우스운 세상의 위에 서 계시다.
이것을 모르고
아직도 우스운 일을 하고 있는 민족이야말로
마지막에 달한 우스운 민족이다.

우스운 일은 이제 그만두고
모두가 돌아온 길로
가야만 되는 것이 아니겠는가?

올라가자는 것

참 독립심을 갖고
하느님을
절대의 아버지로
섬기자는 것이다.
그만 콧물 걷고 눈물 걷고
올라가 보자는 것이다.
때에 따라
올라가자는 것이다.

내 속에는

영원한 것은 나뿐이다.
나는 영원자의 아들이요
내 속에는 속알이 있다.
속알은 덕이요 인간성이요
인격이요 신성이요
하느님 아버지의 형상이 있다.

사랑을 잘못하면

참은 결국에 가서
서로 사랑하는 것으로
끝을 맺게 되는 것이다.
본래 하느님께서 내어 준 분량을
영글어 가게 노력하는 생명은
반드시 사랑에 이르게 될 것이다.

그러나 사랑을 잘못하면
죄가 될 수도 있다.
짝사랑으로 인해서 서로 때리고
마침내 살인까지 이른다면
그것은 독한 탄산가스와 같은 죄악이다.

무엇의 끝인가?

나는 인생을 끝이라고 생각한다.
이 끗은 제 끗이요 이제 끗이다.
이어 이어 온 예끗이다.
이 끗은 하나이기 때문에
이러고 저러고가 없다.
모든 것은 이 끗으로부터 시작한다.

누구나 처음이라는 것은 모른다.
그러나 끝은 알 수 있다.
이 끝이다.
이 끝이 참 끄트머리이다.
나라는 것이 참의 끄트머리이다.
사람들은 나라는 것이 무엇의 끝인가를
잘 알지 못한다.
그리고는 처음이 되려고 야단들이다.
그러나 처음은 하느님뿐이다.
나는 제일 끄트머리이다.
이 끗을 모르면 안 된다.

하느님을 알기 때문에

말할 수 없는 사랑에서
하늘과 땅은 이루어졌고
그 가운데 삼라만상이 벌어지는데
이것을 참 이치라고 한다.

큰 것 작은 것 들쑥날쑥
아름다운 조화를 이룬 것이 자연이다.
이 자연의 까닭과 유래를 찾는 것이 학문이요
이 자연을 찬양하고 노래하는 것이 시詩다.
자연을 아는 것이 지식이요
말할 수 없는 하느님의 사랑을
아는 것이 인식이다.

하느님이 지으신 하늘 땅과
그 속의 삼라만상을
사랑하게 되는 것은 인식에서 온다.
하느님을 알기 때문에
사랑하게 되는 것이다.

사랑이 먼저 있고

절대자가 계심을 아는 것이 인식이다.
그것은 지적으로 아는 것이 아니라
사랑으로 아는 것이다.
어머니가 어린이를 안은 것은
사랑으로 안은 것이다.
사랑이 먼저 있고
아는 것이 뒤따른다.

신비는 없는 것 같지만

어떻게 하면 신에 대하여
더 알 수가 있을까가 인류의 문제이다.
신을 믿는 것이 아니라
신에 통하는 것이 과학이다.
수학도 신통하고 과학도 신통하고
모든 학문이 신통하다.

세상에 학문치고
신비하지 않은 것이 어디 있는가?
알고 보면 신비한 것뿐이다.
과학은 신비한 것이다.

모르면 어리석고 알면 신비하다.
이 세상에 신비가 없다는 것은
어리석은 일이다.
원인과 결과만 알면 신비는 없는 것 같지만
원인도 끝이 없고 결과도 끝이 없다.
일체가 신비이다.

자기의 속으로 들어가는 길

하느님께 가는 길은
자기의 속으로
들어가는 길밖에 없다.
치성을 다 하고
정성을 다 하는 것이다.

깊이 생각해서
자기의 속알이 밝아지고
자기의 정신이 깨면
아무리 캄캄한 밤중 같은
세상을 걸어갈지라도
자기 집 못 찾을 염려가 없다.

고루고루 쓸 줄 알아야

백 칸짜리 집이라도
고루고루 쓸 줄 알아야 한다.
우주 또는 그 이상의 것도
알아야 한다.
그래야 하느님의 품에서
길이 살 수 있게 된다.
늘 자성하고 좋은 일에 정력을 다하면
마음이 슬플 때나 기쁜 때나
악해질 리가 없을 것이다.

신의 계획

병 없이 잘 지내는 것이
사람의 이상이다.

그러나 복잡한 도시 생활에서
그것을 보장하기는 어렵다.
하여튼 무병이 인간의 이상이지만
신의 이상은 아니다.

하느님의 계획은 따로 있다.
인간의 몸은 자연이지만
자연이 전부는 아니다.
여기에 신의 계획이 또 따른다.

말할 수조차 없다

나의 의지 이외에
자기가 자유할 수 있는 범위란 없다.
그러므로 자기 자유를
자기 이외의 것에서 실현하려고 하면
그것은 애당초 미친 짓이다.
자기 몸에 대해서도 그렇다.

운동선수가 경기장에 나서면서
나는 자신이 있다고 말하는 경우가 있는데
여기에는 조건이 따른다.
하느님이 또는 운명이
그 시간까지 건강을 허락하면
그런 자신감이 생길 수도 있을 것이다.
자유로 할 수 없다는 말이다.

영웅이라도 밖의 것에 대해서는
어쩔 수 없는 것이다.
자기 몸이나 자기 밖의 것에 대해서는
불가항력이다.

따라서 거기에는 책임도 없다.
책임이 없고 보면 권리도 없다.
결국, 하느님이 허락하지 않으면
아무 것도 할 수 없다.
말할 수조차 없다.
말을 한다고 해도 반 토막 밖에
말할 수 없을 것이다.

죽지 않겠다고 발버둥 쳐도 안 되고
죽으면 끝이라 그래도 안 된다.
죽는 것을 확실히 인정하고
죽음이 끝이 아니라는 것을 깨닫는 것,
그것이 신앙이다.

죽어서 하늘나라로 간다.
그것을 믿는 것이다.
내 힘으로 가는 것이 아니라
하느님의 힘으로 간다.
그것이 하느님의 사랑이요,
그것이 하느님을 믿는 것이다.

내 생각보다 크다

하느님께서 주신 사명이 또 있다.
그것은 이적을 행하는 것도
신인神人이 되는 것도 아니다.
하느님의 아들이 되는 것이다.
하느님과 하나가 될 수 있는
내가 되는 것이다.

내 정신과 신神이 통할 때
눈에 정기가 있고 말에 힘이 있다.
하느님은 바다요 나는 샘이다.
하느님의 생명은 내 생각보다 크다.

궁극적 목적은

우리가 부산을 간다면
죽음은 부산에 도착하는 종착역이다.
그러나 부산 도착이 목적이 아니다.
그것은 제 1 목적이고
그 다음 제 2 목적이 있다.
그것은 사람을 만나는 것이다.

죽음은 천국에 도착하는 것이고
궁극적 목적은 하느님을 만나는 것이다.

말 대답을 못 하면

육체가 숨이 막히면 죽듯이
정신은 말이 막히면 죽는다.
말 대답을 못하면 정신은 죽는다.

하느님의 말씀 살음,
이것이 영생이다.
마치 비가 와서 샘이 솟듯이
말씀 살음이 사는 것이다.

천명을 기다리기 때문이다

농부는 3년 농사를 지으려면
1년 먹을 것을 쌓아 놓아야 한다.
농사를 밑지면서도 하는 것은
생명을 사랑하는 천명을
기다리기 때문이다.

하느님을 사랑하고
이웃을 사랑하는 것은 농사꾼뿐이다.
농부는 때를 지키어 할 일을 한다.
그것이 사명이다.
씨 뿌릴 때 씨 뿌리고 거둘 때 거둔다.

완전을 그리워한다

사람은 맨 첨을 정말 모른다.
그것은 온통
하나가 되어 그렇다.

사람은 전체를 알 수가 없다.
사람은 완전을 알 수가 없다.
그러나 사람은
완전을 그리워한다.

그것은 완전히
하느님 아버지가 되어서 그렇다.

그러나
완전을 알 수는 없다.

목숨이 있다고 믿는 것이

철도가 길이요, 기차가 진리이다.
그리고 도착이 생명이다.

이렇게 보면
인생은 조금도 어려운 것이 없다.
그 길을 가는 것이 사는 것이다.
이 한 줄을 잡고
바로 가는 것이 진리이다.
이 줄이 잡혀질 때
이 세상은 구원되는 것이다.

목숨을 아는 사람은
목숨이 있는 것을 알고 이것을 믿는다.
목숨 있는 것을 모르고 살면
해害를 보면 피하고
이체利를 보면 따라간다.

목숨이 있다고 믿는 것이
하느님 아버지를 믿는 것이다.

하나에 들어가야

진리밖에 없다.
진리는 하나이기 때문에
하나밖에 없다.
하나에 들어가야 한다.

하늘 하느님 우리가 머리를 둔 곳으로
찾아 나서야 한다.
우리의 머리가 있는 곳이
하느님이 계신 곳이다.

내가 주장하는 것은
하나를 알고
하나에 들어가라는 것이다.

님을 붙여 놓으면

이어가는 것이 님이다.
참고 받들어 가는 것이다.
우리는 이고 이고 간다.
님이 문제가 되는 것은 생각이 있어서다.

님을 생각하는 것을 상사想思라고 한다.
님을 이는 데는 반드시 생각이 있는 법이다.
생각이 없이 님은 없다.

우리는 하느님, 아버님,
길님, 말씀님 생각님들처럼
모두 님을 붙여서 생각할 수 있다.

이처럼 님을 붙여 놓으면
그 깊은 뜻이
절로 우러나오는 것을
알 수 있다.

이름을 제대로 불여야

이 세상에 모든 존재는
그 분의 영광을 위해 있는 것이다.
하늘이 아무리 영광을 받으셔도
또 아무리 존귀하게 계시더라도
또 그 이름이 한량없이 뛰어나도
그 아들된 내가 거기에 이르지 않으면
아무런 상관이 없는 것이 되고 만다.

하느님께 도달한다, 이른다는 뜻으로
이름이라는 말을 쓴다.
아무리 추상적인 이름만 나열해 봤자
이룰 것 이루지 못하면
아무런 소용이 없다.

아담도 만물의 이름을 붙임으로써
아담이 되는데
우리도 이름을 제대로 붙여야 한다.

내 것이 아니다

사람에게 있어서
제일 소중한 것이 생명인데
그것은 내 것이 아니다.
내 것이 아니기에
사람은 1초도 늘릴 수 없는 것이다.

시간도 내 것이 아니다.
진리도 공간도 내 것이 아니다.
내 마음대로
할 수 없기 때문이다.

내 마음대로 할 수 없는 것을
내 것이라고
생각하는 것은 망상이다.
그것은
하느님의 것이다.

몰라서 하는 어릿광대

내 몸도 이 우주도 내 것이 아니다.
그것을 알아야 한다.
산도 강도 가구도 식구도
다 내 것이 아니다.
하느님의 것이다.

나 자신도 내 것이 아니다.
하느님의 것이다.
일체를 한 번 부정하여야 한다.
그것을 모르면
어리석고 어리석은 것이다.
돈이니 감투니 하는 것도
그것을 몰라서 하는 어릿광대짓.

그러니까
내 것인 양 타고 앉아
있으려고 하지 말고
하느님께 돌리는 것이다.

정신에서 기운이

아이들은 가만 있지를 않는다.
기운이 세서 그렇다.
정신은 기운이다.
정신에서 기운이 나온다.

어린애와 같은 기운은
정신에서 나온다.
어린애는 제 정신이 아니다.
하느님 정신이다.

실을 뽑는 것이

사회나 민족이나 국가는
개인과 개인이 씨가 되고 날이 되어
짜놓은 천이라고 할 수 있다.

우리의 믿음이 모여
하느님의 사랑이 되는 것이다.

우리가 밤낮 숨 쉬어
실을 뽑는 것이 기도요,

영원한 생명의 천을 짜는 것이
감사요 기쁨이다.

고치 속에 숨는다는 것을

산을 오르면 오를수록
새 길은 더욱 험한 법.
그러나 오르면 오를수록
기쁨이 넘치는 것이 하늘 가는 길이다.
나의 죽음이라는 것은
고치 속에 숨는다는 것을
지금에야 깊이 알게 되었다.

하느님은 은밀한 가운데 계시다.
하느님은 말씀 속에 있다.
나도 말씀 속에 있다.
고치 속에 있다.

지화知化 35)는 말씀이 되는 것이다.
목숨이 말씀이 되는 것이다.
죽음은 결국, 신의 명령을 받고
올라가는 것이다.

---

35) 지화(知化): 자연 자체의 변화. 정신은 궁신과 지화를 요구한다. 궁신지화하려는
   정신의 움직임, 그것이 곧 하느님 나라에 들어가는 일로 곧 참(성(誠))이다. 매임
   에서 떠나 자유가 떠나 모음에서 떠나 평등이 된다. 자유는 궁신에서 오고 평등
   은 지화에서 온다. (1956년 다석 강의 중)

일체가 변화해가는 것이

하느님의 사랑을 더듬어 보면
일체가 변화하는 것임을 알게 된다는 것이다.
일체가 변화해가는 것이 신의 조화다.
그것이 신의 사랑이다.

무에서 와서 무로 가는 것 같아서
허무를 느끼는데
무는 무가 아니다.
새로운 시대다.

그것을 알기 위해서는
지금 누에에서 실을 뽑아야 한다.
이 실이 지금은 보이지 않지만
바라는 고치가 될 것을 믿는 것이 믿음이다.

믿음은 바라는 것은 실현이요
보지 못하는 것의 증거가
실이 나오고 있는 현재다.
생각이 자꾸 나와야 한다.

인간의 속을 알려는

지금 목격하는 상을 실상 따져보면
그런 상으로는 만족을 하지 못한다.
무엇인지 몰라도 그 상이 나타나게 되는 원인이
무엇인지를 알려고 한다.
무엇이 그 속에 들어있지 않나, 무엇으로 되었나,
이것을 알려고 한다.

핵심에 들어가서
그 집주인을 만나 보아야겠다는 것이다.
그렇다고 해부학적으로
속에 들어가 보자는 것이 아니다.

좇아 들어가서 우주 근본의 인격인
하느님의 정신을 알려는 것은
우리 인간의 속을
알려는 것과 같다.

밥이 될 수 있는 사람

인생은 무엇인가 무르익는 것이다.
제물이 되는 것이다.
밥이 되는 것이다.
밥이 될 수 있는 사람만이
밥을 먹을 자격이 있다.
밥은 덜 된 사람 먹으라고
지어진 것이 아니라
정말 된 사람에게
공양하기 위하여 지어진 것이다.

밥이 되기까지 하늘과 땅과
하느님과 사람들의 얼마나 많은
손이 가고 또 간 것일까?
한 알 한 알이
금싸라기 같이 익기 위해서
얼마나 많은
손이 정성이 사랑이
들었을 것인가?

정신을 깨우치는 약

밥은 이제라도 깨서
완전한 사람이 되려고
정신을 깨우치는
약으로 먹는 것이다,

사람 되게 하는
원동력으로 먹는다.
사람이 사람이 되는 것은
하느님의 뜻이니까
하느님의 뜻을
실현하게 위해 먹는다.

깨어나는 약으로

우리가 왜 음식을 먹나?
깨어나는 약으로 먹는다.

그렇다면 우리는 사랑을 왜 하나?
하느님의 거룩을
깨닫기 위함이 아닐까?

우리의 사랑이
결국, 하느님의 사랑에까지 도달할 때
바로 영원한 사람이 되는 것이 아닐까?

진리적인 사랑, 지적인 사랑, 깨달은 사랑
그것이 인이요 자비다.
그것이 진짜 사랑이다.

밥이 되는 것이기에

인생의 목적은 제물이 되는 것이다.
인생도 밥이 되는 것이다.
인생의 목적이 밥이 되는 것이기에
인생은 밥을 먹는 것이다.
인생이 밥을 먹는 것은
자격이 있어서 먹는 것도 아니고
내 힘으로 먹는 것도 아니다.

하느님의 은혜로 수많은 사람의 덕으로
대자연의 공로로 주어져서 먹는 것이다.
내가 밥을 만든 것이 아니라
남이 밥을 지어주어서
그것은 가격을 따질 수 없는
무한한 가치와 힘이 합쳐져서
밥이 된 것이다.

갖은 신비가 총동원되어

밥이 되기까지에는
태양 빛과 바다의 물과
그 밖의 갖은 신비가 총동원되어
밥이 지어진 것이다.
그러니까 이것은 순수하며
거저 받는 하느님의 선물인 줄을
알아야 한다.

무서운 힘을 내놓는 것

사랑에는 원수가 없다.
원수까지 사랑하는 데
적이 있을 리 없다.
언제나 힘이 없는 것 같지만
언제나 무서운 힘을
내놓는 것이 사랑이다.

사랑은 평등각平等覺 36)이다.
누구나 꼭 같이
사랑하는 것이다.
그러나 그 힘은
아무도 당할 재간이 없다.
그래서 하느님도
사랑이라고 한다.

---

36) 평등각(平等覺): [명사] 〈불교언어〉 절대적으로 평등한 깨달음의 지혜.

사람이 사람 되는 것이

하느님 나라를 이룩한다는 것은
별것이 아니다.
사람이 사람 되는 것이다.

사람이 사람 되는 것이
하느님의 뜻이다.

사람이 사람 모습을 찾아야 한다.

자기의 얼굴을 찾아야

사람은 본래 하느님의 형상대로
지음을 받았다고 한다.

본래의 모습을 찾는 것이
사람이 되는 것이다.

참된 자기의 얼굴을 찾아야 한다.
참된 자기가 둘이 아니다.

하나로 돌아가야 한다.

알고자 하는 꿈틀거림

우리의 요구는
속의 속을 만나 보자는 것이다.
자기 속도 만나보지 못하니
답답하기는 하지만
생각은 자꾸 이 일을 생각하게 한다.

동서의 철학과 종교가
전부 이 일을 몰라서
안타까워 내놓은
생각과 말씀에 지나지 않다.
이는 모두
알고자 하는 꿈틀거림이다.

우리는 우주의 한 세포
하느님이 길러주는 세포 하나에
지나지 않을지 모르겠다.

원래 '하나'에 가면
개체의 크고 작은 것은
다르지 않다.

세포로 보이는 것이
작은 것도 아니고,
나라는 몸뚱이가
큰 것도 아니다.

우주가 큰 것도 아니고,
'나'라는 것이 작은 것도 아니다.
따지면 아무 것도 아닌 하나가 된다.

이 정신으로 무엇을 한다는 사람은
반드시 하나의 말씀을 알아야 한다.

이 사람이 깨달은 것이 있다면

이 사람이 이 세상에서
몇십 년 동안
인생에 참여하면서
깨달은 것이 있다면
그것은 하느님을 알려면
하느님의 말씀을
알아야 한다는 것이다.

이것은 6.25 동란을 겪으면서[37]
거듭 알게 된 중요한 가르침이기도 하다.

사람이 사람을 알아주어야 하는데
사람을 알아주려면 그의 말을 알아야 한다.
그 사람의 말을 알면
그 사람을 알게 되는 것이다.

---

37) 다석은 1950년 6·25전쟁 당시 60세였다.

오늘의 겨울을 다 마치어 쉬이겠다

12시에 집을 나서는 것이
봄인 것만 같다.
비가 풍족하여 앞 시냇물이
그득히 몰려 내려간다,

빗속에 물 보며 걸어가는 일이
여름인 것만 같다.
큰 세례를 베푼 것 같다.
지저분한 것 다 씻겨가나 보다.

회관에 다 왔다. 여러분도 왔다.
또 말씀을 한다 하였다.
가을인 것만 같다.

그렇다. 오늘의 내 가을을 하였다.
이젠 집에 돌아갈 것이다.
집에 가 또 먹고 또 베개하게 되는 오늘이면
오늘의 겨울을 다 마치어 쉼이겠다.

이승에서의 하루도 감사합니다.

고 나라를 찾아야 | 과거를 자랑할 수 있으랴 | 사람이 뜻 먹고
사느냐 | 반사되는 빛깔 | 정신의 본질 | 맘과 몸에 얽매이면 |
매놓지 않아야 할 것 | 속은 넓어지며 | 몸이 걷겠다고 하면 | 정
신이 끊어진 사람 | 살려가는 것 | 분명히 제가 하였다고 하여야
| 온 인류를 살리는 우주의 힘 | 리듬이 나오는 모양으로 | 단지
말뿐인가? | 생명율동이 느껴지는 것 같지 않느냐?

2장| 바뀜이 앎이다

바뀜이 앎이다 | 자기가 아니라는 말 | 생각하는 소질 | 바탈을
태우려면 | 깊이 숨어야 | 생각할 만한 자격 | 깊이 통한 곳에서
| 어떻게 할 수 없는 | 말씀 닦는 거 아니냐? | 사는 까닭에 | 어
림없는 소리 | 되게 하는 말 | 맘은 맘대로 있으면 | 마음을 마
음대로 | 어쩔 수 없는 인간성 | 무슨 면목으로 | 아버지의 이마,
어머니의 눈 | 사양하지 말고 곧장 해야 | 빈손마저 | 눈을 마주
쳐서 | 손 맞아 드린다는 것 | 한쪽이 얼굴을 돌려야 | 속알 실은
수레지기 | 바탈을 살려낼 때 | 몸은 옷이요 | 바탈을 타고 | 정
신을 깨우는 약 | 툭하면 눈물이 | 정말 웃으려면 | 남을 이기면
뭐 합니까? | 바닷가에 가서야 알았다 | 학문의 시작은 | 나 아
니면서 내가 될 때 | 자기가 작다는 표적 | 맞은 아이는 | 심지가
꼿꼿하고 | 정正이 있으면 반反이 | 희다 못해 | 까막눈 | 세 가지
| 먼저 차지해 두었다 | 모르는 채 | 흔하지가 않다 | 위로 위로
올라가는

3장 | '새로운 읽기'다

'새로운 읽기'다 | '일으킨다'는 뜻 | 꿈틀거림 | 실컷이라는 말 | 좋은 것은 다 좋은 것인가? | 얼마나 실컷 취하겠는가? | 새빨간 거짓말 | 조히 조히 | 조히 살아가야 | 실없는 소리 | 땅에 버리고 갈 말 | 이상한 말은 찾지 말라 | 무슨 유익이 있습니까? | 빌고 바라는 것은 | 우리를 살리기 위해 애쓴 | 하늘하늘 | 하늘하늘한 하늘에서 | 새로운 나만이 | 얼굴 골짜기 | 없이 있는 | 나와 나라는 같은 것이다 | 곧 비워놔야지 | 맨 처음이 그리워서 | 이름은 이름대로 살고 | 속알을 밝혀야 | 깬다는 것은 | 인생의 비밀 | 끄트머리를 드러낸 것 | 남을 보기 전에 나를 | 모름을 꼭 지켜야 | 아버지 속에서 나온 것 | 아버지를 발견할 때 | 계속 굴러가는 것이 | 길의 정신 | 통해야 살고 | 숨이 끊어질 때까지 | '조히조히'한 얼굴로 | 참을 아는 사람은 | 이르는 데를 알면 | 뿌리로 들어가는 길 | 신神에 드는 일 | 근본인 나를 모르고

4장 | 이 깃에 기쁨이

이 깃에 기쁨이 | 깃이란 말은 | 자기가 다듬어야 | 이 긋을 갖고 사는 것 | 막대기 위에 기억은 | 우리는 예 있다 | 배를 차고 나와서 | 이어져서 나타나게 | 자라라 자라라 | 본래의 자리에 들어가고 싶다 | 디딜 것을 디디고 | 내 생명 내가 산다 | 계시다 | 거저 깨나지 않는다 | 자연대로 되게 | 임으로서의 이마 | 소리 없이 고이고이 | 덕스러운 사람은 | 울고 물으면서 | 얼굴은 드

러내어 | 틀린 소견이다 | 어디에서도 잘 수 있고 | 참은 처음에
| 고정하면 죽는다 | 큰 것이 부러워서 | 생각해서 밑지는 것이
| 현재를 비판할 줄 모르면 | 사람 죽이기를 싫어하는 | 그것이
그것으로 있도록 | 죽음이란 고치를 만들고 | 목숨 키우기 위해
| 방임되어 버리면 | 서슴 없이 버린다 | 꽉 쥔 연후에야 | 고디
곧장해야 | 힘차게 쉴수록 | 무엇을 해 보겠다는 게 | 제대로 있
다

다석 유영모
多夕 柳永模.1890∼1981

다석 유영모는 온 생애에 걸쳐 진리를 추구하여 구경究竟의 깨
달음에 이른 우리나라의 큰 사상가이다. 젊어서 기독교에 입신入
信했던 다석은 불교와 노장老莊, 그리고 공맹孔孟사상등 동서고금
의 종교.철학 사상을 두루 탐구하여 이 모든 종교와 사상을 하나
로 꿰뚫는 진리를 깨달아 사람이 다다를 수 있는 정신적인 최고
의 경지에 이르렀다.

다석은 우리나라 3천재,5천재의 하나라는 말을 들었고,평생을
오로지 수도와 교육에 헌신하면서 일생동안 '참'을 찾고 '참'을 잡
고 '참'을 드러내고 '참'에 들어간 '성인'이다.

이승훈,정인보,최남선,이광수,문일평 등과 교유했고, 김교신,
함석헌, 이현필, 류달영 같은 이들이 다석을 따르며 가르침을 받
았다.아시아에서는 최초로 우리나라에서 열린 세계철학자대회
2008년에서 제자인 함석헌과 함께 한국의 대표적인 사상가로 소개
될 만큼 다석의 사상은 세계가 주목하고 있다.

1890년	0세	1890년 3월 13일경인년 2월 23일 서울 남대문 수각 다리 가까운 곳에서 아버지 류명근柳明根 어머니 김완전金完全 사이 형제 가운데 맏아들로 태어나다.
1896년	6세	서울 흥문서골 한문서당에 다니며 통감通鑑을 배우다. 천자문千字文은 아버지께 배워 5세만 4세 때 외우다.
1900년	10세	서울 수하동水下洞 소학교에 입학 수학하다. 당시 3년제인데 2년 다니고 다시 한문서당에 다니다.
1902년	12세	자하문 밖 부암동 큰집 사랑에 차린 서당에 3년간 다니며 『맹자孟子』를 배우다
1905년	15세	YMCA 한국인 초대 총무인 김정식金貞植의 인도로 기독교에 입신入信, 서울 연동교회에 나가다. 한편 경성일어학당京城日語學堂에 입학하여 2년 간 일어日語를 수학修學하다.
1907년	17세	서울 경신학교에 입학 2년 간 수학修學하다.
1909년	19세	경기 양평에 정원모가 세운 양평학교에 한 학기 동안 교사로 있다.
1910년	20세	남강 이승훈의 초빙을 받아 평북 정주定州 오산학교五山學校 교사로 2년 간 봉직하다 이때 오산학교에 기독교 신앙을 처음 전파하여 남강 이승훈이 기독교에 입신하는 계기가 되다.
1912년	22세	오산학교에서 틀스토이를 연구하다. 일본 동경에 가서 동경 물리학교에 입학하여 1년 간 수학修學하다. 일본 동경에서 강연을 듣다.
1915년	25세	김효정金孝貞, 23세을 아내로 맞이하다
1917년	27세	육당六堂 최남선崔南善과 교우交友하며 잡지 「청춘靑春」에 '농우 農友, '오늘' 등 여러 편의 글을 기고하다.
1919년	29세	남강 이승훈이 3·1운동 거사 자금으로 기독교 쪽에서 모금한 돈 6천원을 맡아 아버지가 경영하는 경성피혁 상점에 보관하다.
1921년	31세	고당古堂 조만식曺晩植 후임으로 정주 오산학교 교장에 취임 1년 간 재직하다.
1927년	37세	김교신金敎臣 등 「성서조선聖書朝鮮」지 동인들로 부터 함께 잡지를 하자는 권유를 받았으나 사양하다. 그러나 김교신으로부터 사사師事함을 받다.

1928년 38세	중앙 YMCA 간사 창주滄柱 현동완의 간청으로 YMCA 연경반研經班 모임을 지도하다. 1963년 현동완 사망死亡 시까지 약 35년 간 계속하다.
1935년 45세	서울시 종로구 적선동에서 경기도 고양군 은평면 구기리로 농사하러 가다.
1937년 47세	「성서조선」 잡지에 삼성 김정식 추모문 기고하다.
1939년 51세	마음의 전기轉機를 맞아 예수정신을 신앙의 기조로하다. 그리고 일일 일식一日一食과 금욕생활을 실천하다. 이른바 해혼解婚 선언을 하다. 그리고 잣나무 널위에서 자기 시작하다.
1942년 52년	「성서조선」 사건으로 일제日帝 종로 경찰서에 구금되다. 불기소로 57일 만에 서대문 형무소에서 풀려나다
1943년 53세	2월 5일 새벽 북악 산마루에서 첨철천잠투지瞻徹天潛掛地의 경험을 하다.
1945년 55세	해방된 뒤 행정 공백기에 은평면 자치위원장으로 주민들로부터 추대되다
1948년 58세	함석헌咸錫憲 YMCA 일요 집회에 찬조 강의를 하다.1950년60세 YMCA 총무 현동완이 억지로 다석 2만2천 일 기념을 YMCA회관에서 거행하다.
1955년 65세	1년 뒤 1956년 4월 26일 죽는다는 사망예정일을 선포하다. 『일기多夕日誌』 쓰기 시작하다.
1959년 69세	『노자老子』를 우리말로 완역하다. 그밖에 경전의 중요 부분을 옮기다.
1961년 71세	12월 21일 외손녀와 함께 현관 옥상에 올라갔다가 현관바닥에 낙상落傷, 서울대학병원에 28일 동안 입원하다
1972년 82세	5월 1일 산 날수 3만 일을 맞이하다.1977년87세 결사적인 방랑길을 떠나 3일 만에 산송장이 되어 경찰관에 업혀 오다. 3일 간 혼수상태에 있다가 10일 만에 일어나다.
1981년 91세	1981년 2월 3일 18시 30분에 90년 10개월 21일 만에 숨지다.

**출처–다석 유영모 박영호 지음